世说新语

[南朝宋] 刘义庆·著

蒋筱波·译

陕西新华出版 三秦出版社

图书在版编目（ＣＩＰ）数据

　　世说新语 /（南朝宋）刘义庆著 ；蒋筱波译 . -- 西
安 ：三秦出版社，2008.01（2024.1 重印）
　　（国学百部经典丛书）
　　ISBN 978-7-80736-325-5

　　Ⅰ．①世… Ⅱ．①刘… ②蒋… Ⅲ．①笔记小说－中
国－南朝时代 Ⅳ．① I242.1

中国版本图书馆 CIP 数据核字（2007）第 188765 号

书　　　名	世说新语
作　　　者	［南朝宋］刘义庆 著　蒋筱波 译
责　　　编	马静怡
封面设计	新华智品

出版发行	三秦出版社
社　　址	西安市雁塔区曲江新区登高路 1388 号
电　　话	（029）81205236
邮政编码	710061
印　　刷	北京一鑫印务有限责任公司
开　　本	680×1020　1/16
印　　张	9
字　　数	100 千字
版　　次	2008 年 4 月第 2 版
印　　次	2024 年 1 月第 2 次印刷
标准书号	ISBN 978-7-80736-325-5

定　　价	39.80 元
网　　址	http://www.sqcbs.cn

前　言

　　《世说新语》是一部反映魏晋时代文人风貌、体现时代特征的笔记小说，是我国古代志人小说的代表性作品，对后世文学创作和士人精神等影响巨大，千百年来深受读者喜爱，并远播海外。

　　作者刘义庆（403～444），南朝宋宗室，袭封临川王，曾任南兖州刺史等职。《宋书》说他"爱好文义"，"招聚文学之士，近远必至"。著有《徐州先贤传赞》九卷及《典叙》、志怪小说《幽明录》等。

　　《世说新语》通行本为六卷，三十六篇。分德行、言语、政事、文学、方正、雅量、识鉴、赏誉、品藻、规箴等三十六门。内容主要是记载东汉后期到晋宋间一些名士的言行与轶事。他们均属历史上实有的人物，但其言论或故事则有一部分出于民间传说，不尽符合史实，且相当多的篇幅系杂采众书而成。如《规箴》《贤媛》等篇所载个别西汉人物的故事，采自《史记》和《汉书》，其他部分也多采自前人的记载；一些晋宋间人物的故事，如《言语篇》记谢灵运和孔淳之的对话等，则因这些人物与刘义庆同时而稍早，可能采自当时的传闻。

　　从《世说新语》的某些分篇中，可以看出刘义庆编著此书时的倾向性。如《德行》《政事》《方正》《雅量》等篇，作者对其中的人与事大抵采取肯定的态度；而《任诞》《简傲》《汰侈》《尤悔》《惑溺》等篇，则多持否定态度。其他各篇，虽然从题目中看不出明显的态度，但行文中亦有其倾向性。大体来说，刘义庆对汉末一些名士，都是歌颂或赞赏的；对魏晋的清谈家则有所肯定，也有所否定。如他比较赞赏的晋代乐广等人，尚清谈而又不违背"名教"；至于像阮籍等蔑视"名教"的人，则被斥之为"狂诞"。对有些历史人物，他虽然并不赞成，但对他们某些行为却又持欣赏的态度：如对西晋末年"清谈误国"的王衍，有时也赞赏他不和人计较的"雅量"；对桓玄则称其早慧。总的来说，他还是依据世族士大夫的道德标准来评价人物的。

　　《世说新语》中所记载的人物言行，往往是一些零星的片断，但言简意赅，颇能传达人物的个性特点。如《雅量》篇写祖约和阮孚两人的优劣，只通过祖约料理财物和阮孚为木屐上蜡的两个细节，便显示出一个是吝啬的守财奴，而另一个只是出于对木屐的癖好。淡淡几笔，人物性格就跃然纸

上。《忿狷》篇写王蓝田性急，吃鸡蛋时用筷子刺不破壳而发怒，以至用脚踩，还放口中嚼破后吐掉，寥寥数语，把他当时暴怒的情状生动地表达出来。

《世说新语》的文字，一般都是很质朴的散文，有时几乎如口语，而意味隽永，在晋宋人文章中也颇具特色，因此历来为人们所喜爱阅读，其中有不少故事，成了诗词中常用的典故。

编　者
2008年1月

目　录

世说新语

世说新语

世说新语

○○三

世 说 新 语

仲 举 礼 贤

【原文】

陈仲举言为士则,行为世范。登车揽辔,有澄清天下之志。为豫章太守,至,便问徐孺子所在,欲先看之。主簿曰:"群情欲府君先入廨。"陈曰:"武王式商容之闾,席不暇暖。吾之礼贤,有何不可?"

【译文】

陈仲举的言语是读书人的准则,行为是当世的典范。他登车赴任,就有整治社会弊端、匡正天下的志向。做豫章太守,刚到任,便询问名士徐孺子的住处,想先去拜访他。主簿禀告说:"大家都希望您先进官署。"陈仲举说:"周武王乘车经过商容里巷之门,俯首凭轼而立,敬贤礼士,来不及坐暖席子,我礼敬贤人,有什么不可?"

难 兄 难 弟

【原文】

陈元方子长文,有英才,与季方子孝先,各论其父功德,争之不能决,咨于太丘。太丘曰:"元方难为兄,季方难为弟。"

【译文】

陈元方的儿子长文才学出众,和叔父季方的儿子孝先,各自论说自己父亲的功业品德,彼此争执不能分出高低,就去请教祖父陈太丘。太丘说:"元方难做长兄,季方难做幼弟。"

舍 生 取 义

荀巨伯远看友人疾，值胡贼攻郡，友人语巨伯曰："吾今死矣，子可去。"巨伯曰："远来相视，子令吾去，败义以求生，岂荀巨伯所行邪？"贼既至，谓巨伯曰："大军至，一郡尽空，汝何男子，而敢独止？"巨伯曰："友人有疾，不忍委之，宁以我身代友人命。"贼相谓曰："我辈无义之人，而入有义之国。"遂班军而还，一郡并获全。

【译文】

荀巨伯从远方来探视生病的朋友，恰好遇到胡人攻打郡城。朋友对巨伯说："我今天是活不成了，你快走吧。"巨伯回答道："我远道来看您，您让我离开，放弃'义'而求活命，哪里是我荀巨伯的行为！"贼兵已经闯进，对荀巨伯说："大军一到，全城的人都跑光了，你是什么人，竟敢独自留下来？"巨伯说："朋友有重病，不忍心丢下他，宁愿用我的命换他的命。"贼兵相互告诉说："我们这些没有道义的人，进入了有道义的国家啊！"于是收兵回去。全城人的生命财产都得到了保全。

割 席 分 坐

【原文】

管宁、华歆共园中锄菜，见地有片金，管挥锄与瓦石不异，华捉而掷去之。又尝同席读书，有乘轩冕过门者，宁读如故，歆废书出看。宁割席分坐曰："子非吾友也。"

【译文】

管宁、华歆同在园中锄菜，见地上有小片黄金。管宁照旧挥动锄头，把金子看作瓦石一样，华歆却拾起金子之后又扔掉了它。他们又曾同坐一张席读书，有乘坐华贵车辆的达官贵人从门前经过，管宁依然读书，和往常一样，华歆却放下书出去观看。管宁割断席子分开坐，说："您不是我的朋友。"

急 不 相 弃

【原文】

华歆、王朗俱乘船避难，有一人欲依附，歆辄难之。朗曰："幸尚宽，何为不可？"后贼追至，王欲舍所携人。歆曰："本所以疑，正为此耳。既已纳其自托，宁可以急相弃邪？"遂携拯如初。世以此定华、王之优劣。

【译文】

华歆、王朗一起坐船逃难，有一人想搭船依附他们，华歆立刻表示为难。王朗说："幸好船还宽裕，有什么不可以呢？"后来，贼兵追上来了，王朗想把搭船的人丢下。华歆说："当初我犹豫不带他的原因，正是考虑会出现这种情况。既然已经接纳他来托身，难道可以因情况危急而抛弃他吗？"便携带救援此人一如先前。世人便用这件事来评定华歆、王朗品行的优劣高下。

王 祥 事 母

【原文】

王祥事后母朱夫人甚谨。家有一李树，结子殊好，母恒使守之。时风雨忽至，祥抱树而泣。祥尝在别床眠，母自往暗斫之。值祥私起，空斫得被。既还，知母憾之不已，因跪前请死。母于是感悟，爱之如己子。

王祥侍奉后母朱夫人非常恭谨，家园中有一棵李树，结的果实格外甜美，后母常常让他看守李树。一次风雨忽然到来，王祥便抱树哭泣。王祥曾在另一张床上睡觉，这天夜里，后母悄悄地前去砍他，正巧王祥起床去小便，所以只白白地砍了床上的被子。王祥回来后，知后母一定会为此遗憾不止，于是，就跪在后母面前求死。后母于是因感动而醒悟，爱他如同自己亲生的儿子。

王 戎 死 孝

【原文】

王戎、和峤同时遭大丧，俱以孝称。王鸡骨支床；和哭泣备礼。武帝谓刘仲雄曰："卿数省王、和不？闻和哀苦过礼，使人忧之。"仲雄曰："和峤虽备礼，神气不损；王戎虽不备礼，而哀毁骨立。臣以为和峤生孝，王戎死孝。陛下不应忧峤，而应忧戎。"

【译文】

王戎与和峤同时遭遇父母的丧事，两人都以孝顺著称。王戎身体羸弱、瘦如鸡骨，不支于床；和峤痛哭哀泣且遵循哀悼礼仪。晋武帝对刘仲雄说："你时常去看望王、和二人了吗？听说和峤哀痛超过常礼。真让人担心他！"仲雄说："和峤虽然礼数周全，但他的神情元气没伤损；王戎虽然不守礼制，却因悲哀而损坏了身体，瘦得只剩一副骨架支撑着了。臣以为：和峤是以活孝亲的孝子，王戎是以死孝亲的孝子，陛下不应为和峤担心，而应为王戎担忧。"

不 卖 的 卢

【原文】

　　庾公乘马有的卢，或语令卖去。庾云："卖之必有买者，即当害其主。宁可不安己而移于他人哉？昔孙叔敖杀两头蛇以为后人，古之美谈，效之，不亦达乎？"

【译文】

　　庾亮骑乘的马当中有匹名叫"的卢"的马，有人劝他把这匹凶马卖掉。庾公说："卖去，必然就有人买，岂不是害了那买主。难道可以把危害自己安全的东西转移给别人吗？古时候孙叔敖杀死两头蛇，以免后来的人再见到，这在古代被传为美谈。我效法他的做法，不也很通达吗？"

阮 裕 焚 车

【原文】

　　阮光禄在剡，曾有好车，借者无不皆给。有人葬母，意欲借而不敢言。阮后闻之，叹曰："吾有车而使人不敢借，何以车为？"遂焚之。

【译文】

　　阮光禄在剡县时，曾经有一辆很好的车子，凡来借用的人没有不给的。有一个人为母送葬，想向他借车却不敢启齿。阮裕后来听说此事，叹气道："我有车却令人不敢来借，要车有什么用？"于是把车子烧了。

简 文 鼠 迹

【原文】

　　晋简文为抚军时，所坐床上，尘不听拂，见鼠行迹，视以为佳。有参军见鼠白日行，以手板批杀之，抚军意色不说，门下起弹。教曰："鼠被害，尚不能忘怀，今复以鼠损人，无乃不可乎？"

【译文】

　　简文帝做抚军将军时，所坐的榻上尽是飞尘，可他却不让人打扫，以观察老鼠在室内爬走的踪迹作为乐趣。有个参军见老鼠竟敢白天跑动，便使手板将鼠打死，抚军马上变色很不高兴。属吏上书弹劾那个杀鼠参军，抚军教育他说："老鼠被杀，我尚且难以忘怀，现在又因老鼠而处罚人，恐怕不可以吧？"

范 宣 受 绢

【原文】

　　范宣年八岁，后园挑菜，误伤指，大啼。人问："痛邪？"答曰："非为痛，身体发肤，不敢毁伤，是以啼耳。"宣洁行廉约，韩豫章遗绢百匹，不受。减五十匹，复不受。如是减半，遂至一匹，既终不受。韩后与范同载，就车中裂二丈与范，云："人宁可使妇无裈邪？"范笑而受之。

【译文】

　　范宣八岁时，在后园挖菜，不小心弄伤了手指，就大哭起来。有人问："疼吗？"回答说："不是因为疼，人的身体四肢头发肌肤，都是来自于父母，不该随意毁伤，因此才哭！"范宣为人廉洁俭朴，豫章太守韩康伯送给他一百匹绢绸，他不接受；减去五十匹，仍不接受；就像这样一半一半递减，直到剩下一匹绢，仍然不接受。后来，韩与范同车出游，韩便在车里撕下二丈绢绸给范宣，说："作为丈夫难道能让妻子没有衣裤穿吗？"范宣才笑着接受了。

不 忘 根 本

【原文】

殷仲堪既为荆州，值水俭，食常五碗，盘外无余肴。饭粒脱落盘席间，辄拾以啖之。虽欲率物，亦缘其性真素。每语子弟云："勿以我受任方州，云我豁平昔时意，今吾处之不易。贫者，士之常，焉得登枝而损其本？尔曹其存之！"

【译文】

殷仲堪已任荆州刺史，到任时正赶上干旱成灾，粮食歉收。他每餐只用五碗饭菜，别无佳肴。饭粒掉落盘中席上，总是捡起吃掉。虽然是有意为人表率，却也是因为他本性自然朴素。常告诫身边子侄兄弟说："不要因为我在大州郡任职，就把向来的意愿置之不顾，现在我处理生活事务的态度不改变。贫穷本是读书人的常事，哪能登上高枝便丢弃根本？你们可要继承这个家风！"

罗 母 焚 裘

【原文】

桓南郡既破殷荆州，收殷将佐十许人，咨议罗企生亦在焉。桓素待企生厚，将有所戮，先遣人语云："若谢我，当释罪。"企生答曰："为殷荆州吏，今荆州奔亡，存亡未判，我何颜谢桓公？"既出市，桓又遣人问："欲何言？"答曰："昔晋文王杀嵇康，而嵇绍为晋忠臣。从公乞一弟以养老母。"桓亦如言宥之。桓先

曾以一羔裘与企生母胡，胡时在豫章，企生问至，即
日焚裘。

桓玄打垮了殷仲堪，取得荆州后，逮捕了他
的将吏十多人，咨议参军罗企生也在其中。桓玄
一向待企生很好，将要处决这些被捕人之前，
桓玄先派人告诉他道："如果你向我认罪，
便赦免你的罪！"企生回答说："我在殷荆
州部下为官，如今殷荆州逃亡在外，生死
未知，我有什么脸面向桓公认罪求生？"已
经推至刑场将要行刑，桓玄又派人问罗企
生还有什么话要说？罗回答道："从前晋文
王司马昭杀死了嵇康，而嵇康的儿子嵇绍却是
西晋王室的忠臣。请桓公为我留下一个弟弟，好供养年迈的母亲。"桓玄
便按他的要求饶恕了他的弟弟。桓玄原先曾把一件羔皮袋送给企生的母
亲胡氏夫人，胡夫人此时在豫章，企生遇难的消息传来，当天便焚烧了
羊皮袋。

身无长物

王恭从会稽还，王大看之。见其坐六尺簟，因语恭：
"卿东来，故应有此物，可以一领及我。"恭无言，大去
后，即举所坐者送之。既无余席，便坐荐上。后大闻之
甚惊，曰："吾本谓卿多，故求耳。"对曰："丈人不悉
恭，恭作人无长物。"

王恭从会稽郡回到建康，族叔王大去看望他。见他坐的是一张六尺长的竹
席，便对王恭说："你从东边来，必定有不少这种竹席，能否可以拿一张送给
我。"王恭没说话。等王大走后，王恭便拿起自己所坐的席子派人送给王大。既
而就再没有多余的席子了，他只好坐在草垫子上。后来王大听说了，非常惊异，

对王恭说：“我本以为你有多余的，所以才向你索要。”王恭回答说：“您老人家不了解我，我在生活上从没有多余的东西。”

纯 孝 之 报

【原文】

　　吴郡陈遗，家至孝，母好食铛底焦饭。遗作郡主簿，恒装一囊，每煮食，辄贮录焦饭，归以遗母。后值孙恩贼出吴郡，袁府君即日便征，遗已聚敛得数斗焦饭，未展归家，遂带以从军。战于沪渎，败。军人溃散，逃走山泽，皆多饥死，遗独以焦饭得活。时人以为纯孝之报也。

【译文】

　　吴郡人陈遗，在家对父母极其孝顺。他的母亲喜欢吃锅底的焦锅巴。陈遗在郡任主簿官，常常带只口袋，每次煮饭之后，总把焦锅巴收集起来，回家时送给母亲。后因孙恩起义，攻打吴郡，袁太守即日领兵讨伐。陈遗已聚积了几斗焦锅巴，来不及给母亲送回家，便带上它随军出发了。沪渎一战，官军大败。兵丁溃散，逃向山间湖泽，大多饿死，唯独陈遗靠数斗焦锅巴得以活命。当时的人们认为这是他笃行孝道的报答。

月 中 无 物

【原文】

　　徐孺子年九岁，尝月下戏。人语之曰：“若令月中无物，当极明邪？”徐曰：“不然，譬如人眼中有瞳子，无此必不明。”

　　徐孺子九岁时，曾在月光下游戏，有人对他说："如果月亮里面什么也没有，是不是应该更加明亮呢？"徐孺子说："不是这样。好比人的眼睛里有瞳仁一样，要是没有它，眼睛就一定不明亮。"

覆 巢 之 下

【原文】

　　　　孔融被收，中外惶怖。时融儿大者九岁，小者八岁。二儿故琢钉戏，了无遽容。融谓使者曰："冀罪止于身，二儿可得全不？"儿徐进曰："大人岂见覆巢之下，复有完卵乎？"寻亦收至。

【译文】

　　孔融被捕，朝廷内外都很惊恐不安。当时，孔融的儿子大的才九岁，小的八岁，两个孩子依然在地上玩琢钉游戏，一点也没有恐惧的样子。孔融对前来逮捕他的差使说："希望只加罪于我个人，能否保全两个孩子的性命呢？"这时，儿子从容地上前说："父亲难道看见过打翻的鸟巢下面还有完整的蛋吗？"不久，来拘捕两个儿子的差使也到了。

忠 臣 孝 子

【原文】

　　　　颍川太守髡陈仲弓，客有问元方："府君何如？"元方曰："高明之君也。""足下家君何如？"曰："忠臣孝子也。"客曰："《易》称'二人同心，其利断金；同心之言，其臭如兰。'何有高明之君而刑忠臣孝子者乎？"

元方曰:"足下言何其谬也! 故不相答。"客曰:"足下但因伛为恭,而不能答。"元方曰:"昔高宗放孝子孝己,尹吉甫放孝子伯奇,董仲舒放孝子符起。唯此三君,高明之君;唯此三子,忠臣孝子。"客惭而退。

【译文】

　　颍川太守把陈仲弓剃了光头,罚做苦役。有位客人问陈仲弓的儿子元方说:"太守这个人怎么样?"元方说:"是个高尚、明智的人。"又问:"您父亲为人怎么样?"元方说:"是个忠臣孝子。"客人说:"《易经》上说:'两个人同一条心,就像一把钢刀,锋利的刀刃能斩断金属;同一个心思的话,它的气味像兰花一样芳香。'哪里会有高尚明智的人惩罚忠臣孝子的呢?"元方说:"您的话怎么这样荒谬! 我不想回答。"客人说:"您是因为背驼假装鞠躬有礼,其实是不能回答。"元方说:"从前高宗放逐了孝子孝己,尹吉甫放逐了孝子伯奇,董仲舒放逐了孝子符起。这三位先生,恰恰都是高尚明智的人;被放逐的三个人恰恰都是忠臣孝子。"客人面带愧色地走了。

汗 不 敢 出

【原文】

　　钟毓、钟会少有令誉。年十三,魏文帝闻之,语其父钟繇曰:"可令二子来。"于是敕见。毓面有汗,帝曰:"卿面何以汗?"毓对曰:"战战惶惶,汗出如浆。"复问会:"卿何以不汗?"对曰:"战战栗栗,汗不敢出。"

【译文】

　　钟毓、钟会兄弟俩少年时就有好名声,钟毓十三岁时,魏文帝听说他们俩,便对他们的父亲钟繇说:"可以让你的两个儿子来见我!"于是下令赐见。进见时钟毓脸上有汗,文帝问道:"你脸上为什么出汗?"钟毓回答说:"战战惶惶,汗出如浆。"文帝又问钟会:"你为什么不出汗?"钟会回答说:"战战栗栗,所以汗不敢出。"

偷 不 为 礼

　　　　钟毓兄弟小时，值父昼寝，因共偷服药酒。其父时觉，且托寐以观之。毓拜而后饮，会饮而不拜。既而问毓何以拜，毓曰："酒以成礼，不敢不拜。"又问会何以不拜，会曰："偷本非礼，所以不拜。"

【译文】

　　钟毓兄弟俩小时候，一次在父亲白天睡觉时，趁机一起偷药酒喝。他父亲当时已睡醒了，姑且装睡，来观察他们。钟毓行过礼才喝，钟会只是喝酒而不礼拜。过了一会，父亲起来问钟毓为什么行礼，钟毓说："饮酒要遵守礼仪，我不敢不行礼。"又问钟会为什么不行礼，钟会说："偷酒喝本来就不合于礼，所以用不着礼拜。"

千 里 莼 羹

【原文】

　　　　陆机诣王武子，武子前置数斛羊酪，指以示陆曰："卿江东何以敌此？"陆云："有千里莼羹，但未下盐豉耳。"

【译文】

　　陆机去拜访王武子，正好王武子跟前摆着几斛羊奶酪，他指着给陆机看，问道："你们江南有什么名菜可以和它比美呢？"陆机说："我们那里有千里湖中出产的莼羹可以比美，但只未放进食盐和豆豉罢了！"

清 虚 日 来

【原文】

庾公造周伯仁，伯仁曰："君何所欣说而忽肥？"庾曰："君复何忧惨而忽瘦？"伯仁曰："吾无所忧，直是清虚日来，滓秽日去耳。"

【译文】

庾亮去拜访周伯仁，伯仁说："您有什么可喜的事，怎么忽然胖起来了？"庾亮说："您有什么忧伤之事，怎么忽然瘦了呢？"伯仁说："我没有什么可忧伤的，只是清静淡泊之志一天天增加，污浊的思虑一天天去掉罢了！"

志 存 本 朝

【原文】

刘琨虽隔阂寇戎，志存本朝。谓温峤曰："班彪识刘氏之复兴，马援知汉光之可辅。今晋祚虽衰，天命未改。吾欲立功于河北，使卿延誉于江南。子其行乎？"温曰："峤虽不敏，才非昔人，明公以桓、文之姿，建匡立之功，岂敢辞命。"

【译文】

刘琨虽然被入侵者阻隔在黄河以北，却一心向着晋朝。他对温峤说："汉代班彪知道刘氏王室必将复兴，马援知道汉光武帝可以辅佐。现在晋室的国运虽然衰微，可是天命还没有改变。我想在黄河以北建功立业，派您去长江以南广为宣传，获得美好的声誉，你是否愿意去？"温峤说："我虽然不聪敏，才能也比不上前辈，可是明公想用齐恒、晋文那样的才智，建立匡正天下、扶立王室的功业，我怎么敢辞命不行呢！"

顾 和 致 辞

经典

【原文】

　　王敦兄含为光禄勋。敦既逆谋，屯据南州，含委职奔姑孰。王丞相诣阙谢。司徒、丞相、扬州官僚问讯，仓卒不知何辞。顾司空时为扬州别驾，援翰曰："王光禄远避流言，明公蒙尘路次，群下不宁，不审尊体起居何如？"

【译文】

　　王敦的哥哥王含任光禄勋。王敦起兵谋反，大军驻扎在于湖以南，王含就弃职投奔姑孰。丞相王导为这事上朝谢罪。这时候，司徒、丞相、扬州府中的官员都来打听消息，匆忙间不知应该说什么好。司空顾和当时任扬州别驾，拿起笔来写道："王光禄为避流言而远遁，明公在路上风尘仆仆含辛茹苦，我们众位下官心中不安，不知贵体是否安康饮食起居怎么样？"

杨 氏 小 儿

【原文】

　　梁国杨氏子，九岁，甚聪惠。孔君平诣其父，父不在，乃呼儿出，为设果。果有杨梅，孔指以示儿曰："此是君家果。"儿应声答曰："未闻孔雀是夫子家禽。"

【译文】

　　梁国有一家姓杨的，有个儿子才九岁，非常聪慧。一次孔君平去拜访他父亲，他父亲不在，便叫儿子出来待客，此子于是摆设果品招待孔君平，水果中有杨梅，孔君平指着杨梅给他看，说道："这是你家的果子。"孩子应声回答说："没听说过孔雀是夫子家的家禽。"

世说新语

孔 沈 受 裘

【原文】

　　孔廷尉以裘与从弟沈，沈辞不受。廷尉曰："晏平仲之俭，祠其先人，豚肩不掩豆，犹狐裘数十年，卿复何辞此？"于是受而服之。

【译文】

　　廷尉孔君平把一件皮衣送给堂弟孔沈，孔沈辞谢不受。孔君平说："晏婴以节俭著称，祭祀祖先的时候，所用的小猪是那么小，抻开两只猪肘也盖不满盘子，可是还穿了几十年狐皮袍子，你又何必拒绝它呢！"孔沈这才把皮衣收下来穿上。

坐 无 尼 父

【原文】

　　谢仁祖年八岁，谢豫章将送客，尔时语已神悟，自参上流。诸人咸共叹之曰："年少一坐之颜回。"仁祖曰："坐无尼父，焉别颜回？"

【译文】

　　谢仁祖八岁时，他父亲豫章太守谢鲲携带他去送客人。那时他对言语已有极高的参悟能力，可算是上等人才。大家都很赞许他，说他："年纪虽小，也是座中的颜回。"谢仁祖说："座中如果没有孔子，怎么能识别颜回？"

不 必 遗 言

【原文】

　　陶公疾笃，都无献替之言，朝士以为恨。仁祖闻之，曰："时无竖刁，故不贻陶公话言。"时贤以为德音。

【译文】

　　陶侃病势沉重，可是有关朝廷兴利除弊、官吏进退等大事，却一句也没有留下。朝中官员都为此而感到遗憾。谢仁祖听到这事，就说："现在没有像竖习那样的人，所以陶公无须留下遗训。"当时人士认为这是有德者所说的话。

人 何 以 堪

【原文】

　　桓公北征经金城，见前为琅邪时种柳，皆已十围，慨然曰："木犹如此，人何以堪！"攀枝执条，泫然流泪。

【译文】

　　桓温北伐的时候，途经金城，见到自己做琅邪内史时所种的柳树，都已经有十围那么粗了，就感慨地叹道："树木的变化尚且如此，人又怎么能耐得住岁月的流逝呢！"攀着树枝，抓住柳条儿，泪流不止。

松 柏 之 质

【原文】

　　顾悦与简文同年，而发蚤白。简文曰："卿何以先白？"对曰："蒲柳之姿，望秋而落；松柏之质，经霜弥茂。"

【译文】

　　顾悦和简文帝同岁，可是头发早已白了。简文帝问他："你的头发怎么比我先白呢？"顾悦回答说："我好比蒲柳弱兵，一到秋天就凋零了；只有坚贞的松柏，经历过秋霜反而更加茂盛。"

羊秉无后

【原文】

羊秉为抚军参军，少亡，有令誉。夏侯孝若为之《叙》，极相赞悼。羊权为黄门侍郎，侍简文坐。帝问曰："夏侯湛作《羊秉叙》，绝可想。是卿何物？有后不？"权潸然对曰："亡伯令问夙彰，而无有继嗣。虽名播天听，然胤绝圣世。"帝嗟慨久之。

【译文】

羊秉任抚军将军的参军，只可惜英年早逝，但这并没有影响他有很好的名声。夏侯湛给他写了叙文，极力赞颂并哀悼他。羊权任黄门侍郎时，一次，侍立在简文帝座侧，简文帝问他："夏侯湛写的《羊秉叙》，很令人怀念羊秉。不知他是你的什么人？有后代没有？"羊权流着泪回答说："他是我去世的伯父，声誉一向很好，可是没有后代；虽然陛下也听到了他的名声，可惜他却没有后嗣来领受圣世的隆恩。"简文帝听了，感叹了很久。

逸少高见

【原文】

刘真长为丹阳尹，许玄度出都，就刘宿，床帷新丽，饮食丰甘。许曰："若保全此处，殊胜东山。"刘曰："卿若知吉凶由人，吾安得不保此。"王逸少在坐曰："令巢、许遇稷、契，当无此言。"二人并有愧色。

【译文】

刘真长任丹阳尹的时候，许玄度离开建康来到丹阳，在刘家住宿，床帐簇新、华丽，饮食丰盛味美。许玄度说："如果保全住这个地方，比隐居东山强多了。"刘真长说："你倘若懂得吉凶祸福都是人自身造成的，我怎么会不保全这里呢！"当时王羲之也在座，就说："如果巢父、许由遇见稷和契，一定不会说这样的话。"刘、许两人听了，都面有愧色。

清 言 致 患

【原文】

　　王右军与谢太傅共登冶城，谢悠然远想，有高世之志。王谓谢曰："夏禹勤王，手足胼胝；文王旰食，日不暇给。今四郊多垒，宜人人自效。而虚谈废务，浮文妨要，恐非当今所宜。"谢答曰："秦任商鞅，二世而亡，岂清言致患邪？"

【译文】

　　右军将军王羲之和太傅谢安一起登上冶城，谢安悠闲地凝神遐想，想得十分遥远，大有超脱世俗的志愿。王羲之就对他说："夏禹勤勉国事，奔波劳累，手脚长满了老茧；周文王忙到天黑才吃上饭，总觉得时间不够用。现在国家战乱四起，人人都应当自觉地为国效劳。而不切实际的清谈会废弛政务，华而不实的文章会妨害大事，恐怕不是当前所应该做的吧。"谢安回答说："秦国重用商鞅，可是秦朝只传两代就灭亡了，这难道也是清谈所造成的灾祸吗？"

柳 絮 因 风

【原文】

　　谢太傅寒雪日内集，与儿女讲论文义。俄而雪骤，公欣然曰："白雪纷纷何所似？"兄子胡儿曰："撒盐空中差可拟。"兄女曰："未若柳絮因风起。"公大笑乐。即公大兄无奕女，左将军王凝之妻也。

　　太傅谢安在一个寒冷的下雪天，举行家宴，和儿女们讲解谈论文章义理。一会儿，雪下得又大又急，谢安兴致勃勃地问道："白雪纷纷可以用什么来比拟？"侄子胡儿说："撒盐空中差可拟。"侄女说："未若柳絮因风起。"谢安开怀大笑。这位侄女就是谢安的大哥谢无奕的女儿，左将军王凝之的妻子。

枫 柳 何 施

【原文】

　　孙绰赋《遂初》，筑室畎川，自言见止足之分。斋前种一株松，恒自手壅治之。高世远时亦邻居，语孙曰："松树子非不楚楚可怜，但永无栋梁用耳！"孙曰："枫柳虽合抱，亦何所施？"

【译文】

　　孙绰创作《遂初赋》来表明自己的志向，在山谷间的平川上修筑居室，自己说已经知道知足不辱、知止不殆的本分。房前种着一棵松树，他经常亲手培土灌溉。高世远这时正跟他做邻居，对他说："小松树不是不茂盛可爱，但它永远都不能做栋梁用啊！"孙绰说："枫树、柳树虽然长得合抱那么粗，又能往哪儿用呢？"

芝 兰 玉 树

【原文】

　　谢太傅问诸子侄："子弟亦何预人事，而正欲使其佳？"诸人莫有言者。车骑答曰："譬如芝兰玉树，欲使其生于庭阶耳。"

【译文】

　　太傅谢安问众子侄："孩子们和自己的事有什么相干，而父母却一味想让他们出人头地？"大家都不说话。车骑将军谢玄回答说："譬如芝兰玉树，总想使它们生长在自家的庭院和阶坡间罢了！"

鱼鸟何依

　　顾长康拜桓宣武墓，作诗云："山崩溟海竭，鱼鸟将何依。"人问之曰："卿凭重桓乃尔，哭之状其可见乎？"顾曰："鼻如广莫长风，眼如悬河决溜。"或曰："声如震雷破山，泪如倾河注海。"

【译文】

　　顾长康拜祭桓宣武的墓。作诗说："山崩溟海竭，鱼鸟将何依。"有人问他道："你以往倚重桓温到这地步，哭他的样子可以给我描述一下吗？"顾长康说："哭起来鼻涕如刮起的寒冷的北风，眼泪如黄河决堤般横流。"或者可以说："哭声如震雷劈破高山，泪水如倾倒黄河注入东海。"

滓秽太清

【原文】

　　司马太傅斋中夜坐。于时天月明净，都无纤翳，太傅叹以为佳。谢景重在坐，答曰："意谓乃不如微云点缀。"太傅因戏谢曰："卿居心不净，乃复强欲滓秽太清邪？"

【译文】

　　司马太傅在书斋中夜坐，此时天空明朗，月光皎洁，没有一丝云彩。太傅大为叹赏，以为美极了。谢景重陪坐在旁，回答说："我的意思认为竟不如稍有一点云彩点缀的好。"司马太傅便取笑谢景重说："你自己心中不干净，却又强要弄脏这明净的天空吗？"

不 忠 不 孝

【原文】

　　陈仲弓为太丘长，时吏有诈称母病求假。事觉，收之，令吏杀焉。主簿请付狱考众奸。仲弓曰："欺君不忠，病母不孝。不忠不孝，其罪莫大，考求众奸，岂复过此？"

【译文】

　　陈仲弓当太丘县长。其时属吏中有假说母亲害病告假回乡的，事情觉察后，逮捕了他。陈仲弓下令行刑吏将他处死，县主簿请求将他下狱，看还有什么罪行。仲弓说："欺骗国君是不忠，谎称母亲生病是不孝，既不忠又不孝，他的罪没有比这更大的。审察其他邪恶行为，难道还有比这罪行更严重的吗？"

残 害 骨 肉

【原文】

　　陈仲弓为太丘长，有劫贼杀财主者，捕之。未至发所，道闻民有在草不起子者，回车往治之。主簿曰："贼大，宜先按讨。"仲弓曰："盗杀财主，何如骨肉相残？"

【译文】

　　陈仲弓任太丘县长，有强盗杀死了财物的主人要逮捕他。陈仲弓还没到发案地点，半路又听说有个百姓生了孩子给溺死的事，便调回车头赶去处理这件事。主簿说："贼杀财主事大，应该先去惩办。"仲弓说："窃贼杀死财主，怎比得上残杀亲生骨肉更严重的呢？"

互 不 相 师

　　陈元方年十一时，候袁公。袁公问曰："贤家君在太丘，远近称之，何所履行？"元方曰："老父在太丘，强者绥之以德，弱者抚之以仁，恣其所安，久而益敬。"袁公曰："孤往者尝为邺令，正行此事。不知卿家君法孤，孤法卿父？"元方曰："周公、孔子，异世而出，周旋动静，万里如一。周公不师孔子，孔子亦不师周公。"

【译文】

　　陈元方十一岁时，去拜见袁公。袁问他："你贤良的父亲在太丘县当官，远近人们都称赞他，他做了些什么？"元方说："老父亲在太丘，对强悍霸道的用德行进行安抚，对懦弱的用仁爱安抚他，让他们安居乐业，时间一长便更受尊敬。"袁公说："我从前曾任邺县县令，正是这样做的，不知是你的父亲效法我，还是我效法你的父亲？"元方说："周公、孔子，出在不同时代，但他们与世应酬行动止息，尽管相隔遥远，却都一致。周公当然不曾以孔子为师，而孔子也不曾以周公为师。"

山 涛 出 处

【原文】

　　嵇康被诛后，山公举康子绍为秘书丞。绍咨公出处，公曰："为君思之久矣！天地四时，犹有消息，而况人乎？"

【译文】

　　嵇康被杀以后，山涛推举嵇康的儿子绍任秘书丞。嵇绍询问山公究竟出来做官还是隐居山林。山公说："我为你考虑这事很久了，天地之间，四时变化，还有一消一长互为更替，又何况人呢？"

何惜池鱼

王安期为东海郡，小吏盗池中鱼，纲纪推之。王曰："文王之囿，与众共之，池鱼复何足惜？"

【译文】

王安期任东海郡守，有个小官偷了官池中的鱼，管事的人请求按法纪追究这件事。王安期说："古时周文王的苑囿，允许民众与他共同使用。池中的鱼又有什么值得可惜的？"

好学免祸

【原文】

王安期作东海郡，吏录一犯夜人来。王问"何处来？"云："从师家受书还，不觉日晚。"王曰："鞭挞宁越以立威名，恐非致理之本。"使吏送令归家。

【译文】

王安期任东海郡太守，郡吏逮捕一个违犯夜行禁令的人来。王安期问犯人："从哪里来？"回答："从老师家听课回来，没有发觉天已经晚了。"王说："用鞭子抽打宁越这样的读书人，来树立自己的威望和名声，恐怕不会达到社会清明安定的根本。"便让郡吏送他回家。

服 虔 作 注

【原文】

　　服虔既善《春秋》，将为注，欲参考同异，闻崔烈集门生讲传，遂匿姓名，为烈门人赁作食。每当至讲时，辄窃听户壁间。既知不能逾己，稍共诸生叙其短长。烈闻，不测何人，然素闻虔名，意疑之。明蚤往，及未寤，便呼："子慎、子慎!"虔不觉惊应，遂相与友善。

【译文】

　　服虔已经精研《春秋》，将为它作注释，想参考别家学说的不同意见。听说崔烈召集弟子讲解《春秋传》，便隐名匿姓，为崔烈的弟子当佣工做饭。每次到崔讲课时，总在墙外门户间偷听。听了多次，知道崔所讲的不能超过自己，就逐渐地和那些学生们评论短长。崔烈听到后，猜不出是什么人，但向来听说过服虔的大名，心中怀疑是他。第二天早上，来到服所住之处，趁他未醒，便呼唤："子慎! 子慎!"服虔惊醒，不知不觉便答应了，于是二人成了好朋友。

郭 象 受 困

【原文】

　　裴散骑娶王太尉女。婚后三日，诸婿大会，当时名士，王、裴子弟悉集。郭子玄在坐，挑与裴谈。子玄才甚丰赡，始数交，未快。郭陈张甚盛，裴徐理前语，理致甚微，四坐咨嗟称快。王亦以为奇，谓诸人曰："君辈勿为尔，将受困寡人女婿。"

　　散骑郎裴遐娶太尉王衍之女为妻。婚后三天，众女婿大聚会，当时有名的文人以及王、裴两家子弟都来参加。郭子玄在座，挑头和裴遐谈名理。子玄才学很丰富，开始几个回合交谈不太畅快，郭子玄铺陈展开，论述充实雄辩，裴遐缓缓地申述前面的见解，思想情趣幽深精妙，四座之人赞叹着连声称好。王也很惊奇，他对众人说："你们大家不要再谈了，这将会受我女婿的困逼！"

南 北 学 人

【原文】

　　　　褚季野语孙安国云："北人学问渊综广博。"孙答曰："南人学问清通简要。"支道林闻之曰："圣贤固所忘言。自中人以还，北人看书如显处视月；南人学问如牖中窥日。"

【译文】

　　褚季野对孙安国说："北人的学问基础深厚，知识广博。"孙安国回答说："南人的学问专一精通、简明扼要。"高僧支道林听后，说："圣贤当然进入了得意忘言的境界。自中等才人以下，北方的人读书，好像在视野开阔处看月亮，南方人做学问，正似从窗户里看太阳。"

注 神 倾 意

【原文】

　　　　谢镇西少时，闻殷浩能清言，故往造之。殷未过有所通，为谢标榜诸义，作数百语，既有佳致，兼辞条丰蔚，甚足以动心骇听。谢注神倾意，不觉流汗交面。殷徐语左右："取手巾与谢郎拭面。"

镇西将军谢尚年少的时候，听说殷浩善清谈，所以到他家拜访。殷浩没有过多发挥阐述，只是就有关问题提示一些旨要，作了数百句讲述。既有很好的兴致，又兼有丰富的辞语，非常能够震动人心。谢尚全神贯注地听，不觉汗流满面。殷浩缓缓地吩咐身边的人："取手巾来，给谢郎擦脸。"

不 屑 逆 风

【原文】

有北来道人好才理，与林公相遇于瓦官寺，讲《小品》。于时竺法深、孙兴公悉共听。此道人语，屡设疑难，林公辩答清析、辞气俱爽。此道人每辄催屈。孙问深公："上人当是逆风家，向来何以都不言？"深公笑而不答。林公曰："白旃檀非不馥，焉能逆风？"深公得此义，夷然不屑。

【译文】

有位北来的和尚，喜欢妙谈义理。和高僧支道林在瓦官寺相遇，讲解《小品》。当时，竺法深、孙兴公都在倾听。这个北来僧人在谈论当中来屡次设立疑难，而支道林辩答清晰有理，内容辞令，都很爽利。这北来僧人屡遭挫败。孙兴公问竺法深："上人，你一贯是逆风而上的大家，为什么刚才都不发表议论？"深公笑而不答。支道林说："白檀香并非不香，但哪里能逆风？"深公得到这样的评论，平静坦然，不屑理睬。

孙 殷 争 论

【原文】

孙安国往殷中军许共论，往反精苦，客主无间，左右进食，冷而复暖者数四。彼我奋掷麈尾，悉脱落满餐饭中。宾主遂至暮忘食。殷乃语孙曰："卿莫作强口马，我当穿卿鼻。"孙曰："卿不见决鼻牛，人当穿卿颊。"

【译文】

孙安国到殷中军处一起清谈，彼此交锋，论辩往返十分激烈。左右侍从端上饮食，冷了再温，温了又冷，重复了好几次。他们都用力抛掷麈尾，把上面的尾毛全弄脱落，撒满在饭菜里。宾主竟谈到晚上忘记吃饭。殷便告诉孙说："你不要做嘴强的马，我就要穿透你的鼻子"。孙说："难道你没有见过鼻子已被拉穿的牛，我要穿透你的面颊。"

林 公 才 气

【原文】

王逸少作会稽，初至，支道林在焉。孙兴公谓王曰："支道林拔新领异，胸怀所及，乃自佳，卿欲见不？"王本自有一往隽气，殊自轻之。后孙与支共载往王许，王都领域，不与交言。须臾支退，后正值王当行，车已在门。支语王曰："君未可去，贫道与君小语。"因论《庄子·逍遥游》。支作数千言，才藻新奇，花烂映发。王遂披襟解带，留连不能已。

【译文】

王羲之任会稽内史，刚到那里，支道林正在会稽。孙兴公对王说："支道林善于标新立异，胸中见解确实高妙，您想见他吗？"王羲之本来自负，看不起支道林。后来，孙兴公与支道林一起坐车到王羲之处，王羲之紧守着自己的领域，不和他们交谈。过一会儿，支道林退出。后来，正碰上王羲之要外出办事，车已停在门前。支道林告诉王说："您不能走开，贫僧要和您略谈几句。"就和他谈起《庄子》的《逍遥游》来。支道林一直滔滔不绝地讲了几千句，才思敏锐不凡，词藻新鲜瑰奇，像照眼繁花灿烂鲜明。王羲之于是敞开衣襟放松衣带，留连忘走不能自禁。

殷 浩 解 梦

　　有人问殷中军："何以将得位而梦棺器，将得财而梦矢秽？"殷曰："官本是臭腐，所以将得而梦棺尸；财本是粪土，所以将得而梦秽污。"时人以为名通。

　　有人问中军殷浩道："为什么快做高官时就会梦见棺材，将得钱财就会梦见粪便？"殷说："官爵本是臭而发腐的东西，所以将要做官时，会梦见装死尸的棺材；钱财本是粪土，所以将得到它时会梦见脏东西。"这句话被人们认为是至理名言。

孙 盛 败 北

　　殷中军、孙安国、王、谢能言诸贤，悉在会稽王许。殷与孙共论《易》象妙于见形。孙语道合，意气干云。一坐咸不安孙理，而辞不能屈。会稽王慨然叹曰："使真长来，故应有以制彼。"即迎真长，孙意已不如。真长既至，先令孙自叙本理。孙粗说己语，亦觉殊不及向。刘便作二百许语，辞难简切，孙理遂屈。一坐同时抃掌而笑，称美良久。

　　中军殷浩、孙安国、王、谢等一些善于清谈的名士在会稽王处聚会。殷浩与孙安国一起谈论《易》精妙得仿佛现于形貌。孙安国以为他的发言是最合理的，意气风发上冲云霄，不可一世。所有之人都认为其所论义理不妥，但语辞却不能使他屈服。会稽王感慨地长叹道："让刘真长来，他应该有制伏孙安国的办法。"已经派人去迎刘真长，孙安国料想自己将会不如刘。待到真长到来，先让孙安国自己叙述所本之理。孙大略地述说自己刚才说过的话，语气已大不如前。刘真长就发表了二百多字长的话，言辞简明却切中要害，孙安国便无法回答。满座的人同时鼓掌大笑，称赞了好半天时间。

七 步 为 诗

【原文】

文帝尝令东阿王七步中作诗，不成者行大法。应声便为诗曰："煮豆持作羹，漉菽以为汁。其在釜下燃，豆在釜中泣。本自同根生，相煎何太急？"帝深有惭色。

【译文】

魏文帝曹丕曾让弟弟东阿王曹植七步之内成诗一首，如果做不成的话就处以死刑。曹植立即成诗一首，说："煮豆持作羹，漉菽以为汁。其在釜下燃，豆在釜中泣。本自同根生，相煎何太急？"魏文帝听了，羞愧难当。

阮 籍 神 笔

【原文】

魏朝封晋文王为公，备礼九锡，文王固让不受。公卿将校当诣府敦喻。司空郑冲驰遣信就阮籍求文。籍时在袁孝尼家，宿醉扶起，书札为之，无所点定，乃写付使。时人以为神笔。

【译文】

魏朝封晋文王司马昭为公爵，并给他以九锡大礼，文王坚辞不接受。公、侯、卿相、将军、校官等文武大臣将要到大将军府劝进。司空郑冲很快派信使到阮籍处索取劝进文章。阮籍此时正在袁孝尼家中，昨夜因饮酒过多而

未醒，别人将其扶起之后立即在信札上下笔成章，未加涂改便写好交给来使。当时人们认为是神来之笔。

高 名 作 序

【原文】

左太冲作《三都赋》初成，时人互有讥訾，思意不惬。后示张公。张曰："此《二京》可三，然君文未重于世，宜以经高名之士。"思乃询求于皇甫谧，谧见之嗟叹，遂为作《叙》。于是先相非贰者，莫不敛衽赞述焉。

【译文】

左思字太冲，刚把《三都赋》写成，当时人便交相讥讽、非议，左思心情很不舒畅。后来，拿给张华看，张说："这样一来，东汉张衡的名赋《二京赋》便可变成三京赋了。然而，你的作品不一定受人重视，应当让名士来推荐。"左思就向皇甫谧询问求助。谧见了《三都赋》赞叹不已，并为之作序。于是，先前指责非议左思的，没有不佩服夸赞这篇文章的。

潘 岳 为 表

【原文】

乐令善于清言，而不长于手笔。将让河南尹，请潘岳为表。潘曰："可作耳。要当得君意。"乐为述己所以让，标位二百许语。潘直取错综，便成名笔。时人咸云："若乐不假潘之文，潘不取乐之旨，则无以成斯矣。"

【译文】

尚书令乐广善于清谈，而不擅长于写作。他想把河南尹的官职辞让掉，请潘岳为他写表章。潘说："可以写，不过需要先知道你的意思。"乐广为他述说自己辞让的理由，字数约二百余个。潘岳直取乐广之意，交错综合，写成一篇著名文章。当时人们都说："假如乐广不借潘岳的文采，潘岳不取乐广的意图，天下就不会有这样的华美文章了。"

有 无 之 间

【原文】

　　庾子嵩作《意赋》成，从子文康见，问曰："若有意邪，非赋之所尽；若无意邪，复何所赋？"答曰："正在有意无意之间。"

【译文】

　　庾子嵩写好了《意赋》，侄子庾亮看见了，问道："如果您真有意呢，那就不是一篇赋所能表达得了的！如果没有意呢，有何必要写它？"庾子嵩回答说："我恰好在有意与无意之间。"

屋 下 架 屋

【原文】

　　庾仲初作《扬都赋》成，以呈庾亮。亮以亲族之怀，大为其名价云："可三《二京》，四《三都》。"于此人人竞写，都下纸为之贵。谢太傅云："不得尔。此是屋下架屋耳，事事拟学，而不免俭狭。"

【译文】

　　庾仲初写成了《扬都赋》之后，送给庾亮观看。庾亮因亲情的关系，极力为他提高声望说："可与东汉张衡《二京赋》并称为三，可与西晋左思的《三都赋》并称为四。"于是，文人学士都争着抄写，京城里的纸价也因之上涨。谢太傅说："不能这样！这是屋下架屋罢了！处处模拟别人的作品，不免将贫乏狭窄。"

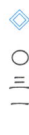

金 石 之 声

【原文】

　　孙兴公作《天台赋》成，以示范荣期，云："卿试掷地，要作金石声。"范曰："恐子之金石，非宫商中声。"然每至佳句，辄曰："应是我辈语。"

【译文】

　　孙兴公写成《天台赋》，让范荣期欣赏，并说："你如果把它扔到地上，定会发出金石的声音。"范荣期说："恐怕你所说的金石声，不合宫商的声调！"然而每读到好句子时，范荣期总是称赞说："应该是我辈的言语。"

义 形 于 色

【原文】

　　魏文帝受禅，陈群有戚容。帝问曰："朕应天受命，卿何以不乐？"群曰："臣与华歆服膺先朝，今虽欣圣化，犹义形于色。"

【译文】

　　魏文帝受禅称帝，陈群面带愁容。文帝问他："朕顺应天命而称天子，你为什么不高兴？"陈群回答说："臣和华歆曾经服侍先朝，现在虽然欣逢盛世，但是不忘前朝的心情，还是不自觉地流露出来。"

特 赦 郭 妻

【原文】

　　郭淮作关中都督，甚得民情，亦屡有战庸。淮妻，太尉王凌之妹，坐凌事，当并诛。使者征摄甚急，淮使戒装，克日当发。州府文武及百姓劝淮举兵，淮不许。至期遣妻，百姓号泣追呼者数万人。行数十里，淮乃命左右追夫人还，于是文武奔驰，如徇身首之急。既至，淮与宣帝书曰："五子哀恋，思念其母，其母既亡，则无五子。五子若殒，亦复无淮。"宣帝乃表，特原淮妻。

【译文】

　　郭淮做过关中都督，很得民心，也多次建立过战功。郭淮的妻子，是太尉王凌的妹妹，因为王凌犯罪事受株连，依法应受株连而死。派来逮捕她的官吏要人要得很急，郭淮无可奈何，只好为她治办行装，克日起程。出发前州和都督府的文武官员和百姓都劝说郭淮起兵反抗，郭淮不同意。到了日期打发妻子上路，百姓号啕痛哭，数万民众一路跟着呼唤不舍。走了几十里路后，郭淮才命令去把夫人追回来，于是文武官员飞跑传命，好像救自家性命那么急。夫人追回来以后，郭淮写了封信给宣帝司马懿说："五个孩子哀痛欲绝，恋恋不舍，思念他们的母亲。如果他们的母亲死了，五个儿子都不能活。五个孩子如果死了，也就不再有我郭淮了。"司马懿于是上表魏帝并特别宽赦了郭淮的妻子。

夏门盘马

【原文】

　　杜预之荆州，顿七里桥，朝士悉祖。预少贱，好豪侠，不为物所许。杨济既名氏雄俊，不堪，不坐而去。须臾，和长舆来，问："杨右卫何在？"客曰："向来，不坐而去。"长舆曰："必大夏门下盘马。"往大夏门，果大阅骑。长舆抱内车，共载归，坐如初。

【译文】

　　杜预到荆州去接任，行到七里桥，朝廷的官员全都来到这里给他饯行。杜预年轻时家境贫贱，又好行侠义，并不为世人所称赞。杨济既是名门中的杰出人物，忍受不了这种场面，没有落座就径直离去。一会儿，和长舆来了，问："杨右卫在哪里？"有位客人说："刚才来了，没坐一坐就走了。"和长舆说："一定是到大夏门下边溜马去了。"便到大夏门去，果然是在那里检阅坐骑。长舆便把他拉到车上，同车回到七里桥，好像刚来一样。

连 榻 坐 客

【原文】

　　杜预拜镇南将军，朝士悉至，皆在连榻坐。时亦有裴叔则。羊稚舒后至，曰："杜元凯乃复连榻坐客？"不坐便去。杜请裴追之，羊去数里住马，既而俱还杜许。

【译文】

　　杜预出任镇南将军，朝廷的官员都来家中庆贺，大家都坐在连榻上。裴叔则当时也在座。羊稚舒后来才到，说："杜元凯竟然用连榻待客！"不坐就走了。杜预请裴叔则去追他回来，羊稚舒骑马走出几里后，便停止不前，和裴叔则一起回到了杜预家。

向 雄 忤 旨

【原文】

　　向雄为河内主簿，有公事不及雄，而太守刘淮横怒，遂与杖遣之。雄后为黄门侍郎，刘为侍中，初不交言。武帝闻之，敕雄复君臣之好，雄不得已，诣刘再拜曰："向受召而来，而君臣之义已绝，何如？"于是即去。武帝闻尚不和，乃怒问雄曰："我令卿复君臣之好，何以犹绝？"雄曰："古之君子，进人以礼，退人以礼；今之君子，进人若将加诸膝，退人若将坠诸

渊。臣于刘河内，不为戎首，亦已幸甚，安复为君臣
之好？"武帝从之。

【译文】

　　向雄任河内郡的主簿，因为有件公文没有经向雄的手，而使郡太守刘淮大
为震怒，便对他动了杖刑并将其革职遣退。向雄后来调任黄门郎，刘淮任侍中，
两人虽在同一衙门，却从来不交谈。晋武帝听说这件事，便命令向雄与刘淮恢
复情谊。向雄不得已，就到刘淮那里，行再拜礼后说："刚才奉皇上的命令而
来，可是我们之间的上下级恩义已经断绝了，怎么办？"说完就走了。武帝后
来听说两人还是不和，就生气地问向雄："我命令你恢复旧时的和睦关系，为
什么还是如此绝情？"向雄说："古时候的官长，按礼法举荐官员，也按礼法贬
黜官员；现在的官长，举荐人家时就像要抱到膝上那么亲，贬黜人家时就像要
推下深渊那样狠。臣不与刘河内刀兵相见，已经十分幸运了，怎么还能修复旧
有的上下级关系呢？"晋武帝听后，也只好作罢。

我 自 卿 卿

【原文】

　　　王太尉不与庾子嵩交，庾卿之不置。王曰："君不
得为尔。"庾曰："卿自君我，我自卿卿。我自用我法，
卿自用卿法。"

【译文】

　　太尉王夷甫不和庾子嵩交往，可是庾子嵩却用卿来称呼他，亲热个没完。
王夷甫说："君不能这么做。"庾子嵩回答说："卿尽管称我为君，我仍要称卿
为卿；我自己用我的叫法，卿自己用卿的叫法。"

砍 伐 社 树

【原文】

　　　阮宣子伐社树，有人止之。宣子曰："社而为树，伐
树则社亡；树而为社，伐树则社移矣。"

阮宣子要砍掉土地庙的树,有人阻止他。宣子说:"如果修建社庙是为了种树,那么砍去了树土地神就不存在了。如果种树是为了立社庙,那么砍掉了树社庙里的神就走了。"

孟 著 劝 柱

【原文】

顾孟著尝以酒劝周伯仁,伯仁不受。顾因移劝柱,而语柱曰:"讵可便作栋梁自遇?"周得之欣然,遂为衿契。

【译文】

顾孟著有一次向周伯仁劝酒,伯仁辞谢不喝。顾孟著便转向柱子,并且对柱子敬上一杯说:"难道就可以把自己看成栋梁吗?"周伯仁听到这话很高兴,于是二人成为情投意合的好朋友。

何 如 尧 舜

【原文】

明帝在西堂会诸公饮酒,未大醉,帝问:"今名臣共集,何如尧、舜时?"周伯仁为仆射,因厉声曰:"今虽同人主,复那得等于圣治!"帝大怒,还内,作手诏满一黄纸,遂付廷尉令收,因欲杀之。后数日,诏出周,群臣往省之。周曰:"近知当不死,罪不足至此。"

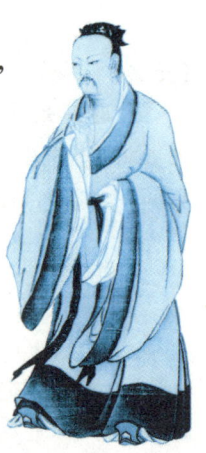

帝 尧

【译文】

晋明帝在西堂会聚群臣宴饮,尚未大醉之时,明帝问道:"今天名臣都聚会在一起,和尧、舜时相比,怎么样?"当时周伯仁任尚书仆射,便声音激昂地回答说:"当今圣上虽然和尧、舜同是君主,可又怎么能和那圣明的时代相比呢？"明帝大怒，立即回宫，亲自写了满满一张黄纸的诏令，便交给廷尉，命令逮捕周伯仁，想就此杀掉他。过了几天，又下诏令释放他。众大臣去探望周伯仁，周说："我早就知道死不了，因为我的罪还不至这个地步。"

以 此 负 公

【原文】

　　王大将军既反，至石头，周伯仁往见之。谓周曰："卿何以相负？"对曰："公戎车犯正，下官忝率六军，而王师不振，以此负公。"

【译文】

　　大将军王敦反叛以后，进军石头城，周伯仁前往会见。王敦问周伯仁："你为什么辜负我？"周伯仁回答说："您大军冒犯朝廷，下官惭愧统率六军出战，可是王师不能奋勇杀敌，因此辜负了您。"

仲 真 屈 膝

【原文】

　　梅颐尝有惠于陶公。后为豫章太守，有事，王丞相遣收之。侃曰："天子富于春秋，万机自诸侯出，王公既得录，陶公何为不可放？"乃遣人于江口夺之。颐见陶公拜，陶公止之。颐曰："梅仲真膝，明日岂可复屈邪？"

【译文】

　　梅颐曾经对陶侃有过恩德。后来梅颐任豫章郡太守，因为出了事，丞相王导派人去逮捕了他。陶侃说："天子年纪尚轻，政令都由大臣发出；王公既然可以抓人，我陶公为什么就不能放人！"于是派人到江口把梅颐夺过来。梅颐去见陶侃，下拜，陶侃阻止了他。梅颐说："我梅仲真的膝头，明日怎可再弯曲呢？"

蓝 田 不 让

　　王述转尚书令，事行便拜。文度曰："故应让杜、许。"蓝田云："汝谓我堪此不？"文度曰："何为不堪，但克让自是美事，恐不可阙。"蓝田慨然曰："既云堪，何为复让？人言汝胜我，定不如我。"

【译文】

　　王述被调任为尚书令，命令已经下达正准备去受职。他的儿子王坦之说："本应把职位让给杜、许。"王蓝田说："你认为我能不能胜任这个职务？"文度说："为什么不能胜任呢？可是谦让是美德，恐怕不能不推让。"王蓝田感慨地说："既然说我可胜任，为什么还要辞让？别人都说你胜过我，其实你到底不如我！"

不 须 陶 米

【原文】

　　王修龄尝在东山，甚贫乏。陶胡奴为乌程令，送一船米遗之，却不肯取。直答语："王修龄若饥，自当就谢仁祖索食，不须陶胡奴米。"

【译文】

　　王修龄曾经居住在东山，家里很贫困。陶胡奴任乌程县县令，送一船米给他。王拒绝不肯接受，并直截了当地对陶说："我王修龄如果饥饿，自然会到谢仁祖处要东西吃，不需要陶胡奴的米。"

蓝 田 拒 婚

【原文】

　　王文度为桓公长史时，桓为儿求王女，王许咨蓝田。既还，蓝田爱念文度，虽长大犹抱着膝上。文度因言桓求己女婚。蓝田大怒，排文度下膝曰："恶见，文度已复痴，畏桓温面？兵，那可嫁女与之！"文度还报云："下官家中先得婚处。"桓公曰："吾知矣，此尊府君不肯耳。"后桓女遂嫁文度儿。

【译文】

　　王文度任桓温的长史时，桓温替儿子向王的女儿求婚。王文度答应向父亲蓝田请示。回去以后，蓝田因为怜爱文度，虽然已经成人，还抱他坐在膝盖上。文度便说起桓温求婚事。蓝田大发雷霆，把文度从膝上推下去，说："讨厌见到你，你已经痴到这种地步了，怕桓温的面子吗？他不过是行伍出身，怎么可以把女儿嫁到他家！"王文度回报桓温道："我家中早已将女儿许配了人家。"桓温说："我知道了，这是你父亲不允许罢了！"后来，桓温的女儿嫁给了文度的儿子。

自 量 为 难

【原文】

　　王恭欲请江卢奴为长史，晨往诣江，江犹在帐中。王坐，不敢即言。良久乃得及，江不应。直唤人取酒，自饮一碗，又不与王。王且笑且言："那得独饮。"江云："卿亦复须邪？"更使酌与王。王饮酒毕，因得自解去。未出户，江叹曰："人自量，固为难！"

【译文】

　　王恭想请江卢奴任长史，清晨到达江家时，江卢奴还在帐中睡觉。王恭坐下，不敢马上说话，过了半天才提及到了此事，江卢奴没作声，只是喊仆人拿酒来，自己喝了一碗，也不请王恭喝。恭边笑边说："怎么能独自饮呢！"江卢奴说："你也想喝吗？"便另外让仆人给王斟了一碗，王恭饮过酒，趁着局面稍微缓和而脱身离去。还未走出门，江卢奴叹息说："人要准确衡量自己，的确很困难！"

拒 称 小 子

【原文】

　　王爽与司马太傅饮酒。太傅醉，呼王为"小子"。王曰："亡祖长史，与简文皇帝为布衣之交，亡姑、亡姊，伉俪二宫，何小子之有？"

【译文】

　　王爽和太傅司马道子一起饮酒，太傅喝醉了，便称王爽为"小子"。王爽说："我过世的祖父和简文帝是布衣之交；我去世的姑母和姐姐，都是皇后，又怎么会有'小子'这个称呼呢？"

顾 雍 丧 子

【原文】

　　豫章太守顾邵，是雍之子。邵在郡卒，雍盛集僚属，自围棋，外启信至，而无儿书，虽神气不变，而心了其故。以爪掐掌，血流沾褥。宾客既散。方叹曰："已无延陵之高，岂可有丧明之责？"于是豁情散哀，颜色自若。

【译文】

　　豫章太守顾邵，是顾雍的儿子。顾邵在豫章郡任上去世。当时，顾雍正邀请了同僚们在一起下围棋，外面通报说有信使到，可其中并没有儿子的信件。

他虽然神色没有改变，但事情已十分清楚，难受得用指甲掐掌心，鲜血流出沾在褥子上。等客人散去后，才叹息道："我没有延陵季子的高尚品德，怎么能再有子夏丧明毁形的指责？"于是，敞开胸怀，排遣悲哀，面容安详自若如常。

临 刑 奏 琴

【原文】

嵇中散临刑东市，神气不变。索琴弹之，奏《广陵散》。曲终，曰："袁孝尼尝请学此散，吾靳固不与。《广陵散》于今绝矣！"太学生三千人上书，请以为师，不许。文王亦寻悔焉。

【译文】

中散大夫嵇康在东市将被处死时，脸色未变，向人索琴弹奏，奏了一曲《广陵散》。曲子奏完后，说："袁孝尼曾经请求学这首曲子，我因珍爱而没有传授与他,《广陵散》今后要失传了！"当时，三千名太学生上书朝廷，请求拜其为师，没有得到准许。嵇康被杀后不久，文王司马昭也十分后悔。

路 边 苦 李

【原文】

王戎七岁，尝与诸小儿游，看道边李树多子折枝，诸儿竞走取之，唯戎不动。人问之，答曰："树在道边而多子，此必苦李。"取之，信然。

【译文】

王戎七岁时，曾和很多孩子在一块游玩。看见路边的树上结满了李子，把树枝都压弯了。孩子们争先恐后地跑去摘李子，只有王戎不动。有人问他，他说:"李树长在路边,却有这么多果实,李子一定是苦的。"摘下一尝,果然如此。

王 戎 无 恐

【原文】

　　魏明帝于宣武场上断虎爪牙,纵百姓观之。王戎七岁,亦往看。虎承间攀栏而吼,其声震地,观者无不辟易颠仆。戎湛然不动,了无恐色。

【译文】

　　魏明帝命人弄断了老虎的爪子,拔去了牙齿,放在宣武场上让老百姓随意观看。王戎当时年方七岁,也去围观。只见老虎趁机攀着栏杆大声吼叫,声音震撼大地,观看的人没有不后退甚至跌倒的,而王戎却沉着冷静地站在那里,一点看不出有害怕的神情。

不 与 人 校

【原文】

　　王夷甫尝属族人事,经时未行,遇于一处饮燕,因语之曰:"近属尊事,那得不行?"族人大怒,便举檫掷其面,夷甫都无言。盥洗毕,牵王丞相臂,与共载去。在车中照镜,语丞相曰:"汝看我眼光,乃出牛背上。"

【译文】

　　太尉王衍曾嘱托同族的人办事情,过了许久尚未办成。一天在宴会上两人相遇,王衍便向族人说:"近来嘱你办的事,为什么还未办妥?"族人大怒,举起手中的食盒扔在了他的脸上。王夷甫没有说话,洗净了脸,挽起丞相王导的手臂共同坐车而去。在车里,他照着镜子向王丞相道:"你看我的眼光,竟然如牛背上的人。"

裴遐默受

　　裴遐在周馥所，馥设主人。遐与人围棋，馥司马行酒。遐正戏，不时为饮。司马恚，因曳遐坠地。遐还坐，举止如常，颜色不变，复戏如故。王夷甫问遐："当时何得颜色不异？"答曰："直是暗当故耳。"

　　裴遐在平东将军周馥的家中，周馥作为主人来招待他。裴遐和人下围棋。周馥手下有一位司马向他敬酒，裴遐棋兴正浓，没有按时喝下去，司马很生气，便将裴遐拉下坐榻摔倒在地上。遐起身回到位子上坐下，举止和平常一样，脸上容颜不变，接着下围棋。太尉王衍问裴遐："当时怎么竟能连脸色都没有变？"裴遐回答说："只不过是光线暗的缘故吧！"

胜 负 始 分

　　祖士少好财，阮遥集好屐，并恒自经营，同是一累，而未判其得失。人有诣祖，见料视财物。客至，屏当未尽，余两小簏著背后，倾身障之，意未能平。或有诣阮，见自吹火蜡屐，因叹曰："未知一生当著几量屐？"神色闲畅。于是，胜负始分。

　　祖约爱钱财，阮孚爱木屐，两人总是经常亲自料理，同样是牵累人的嗜好，却分不出二人的优劣往失。有人去祖士少家，见他正检点查看财物，客人到了他还没有收拾完，剩下两个小竹箱放在背后，斜着身子遮住它，神情不安。有人去阮遥集家，见他正亲自吹火熔蜡在涂抹木屐，同时还叹着气说："不知道我这一生能穿几双木屐？"他的神态悠闲舒畅。于是，这二人的优劣便有了分晓。

东床袒腹

【原文】

　　郗太傅在京口，遣门生与王丞相书，求女婿。丞相语郗信："君往东厢，任意选之。"门生归白郗曰："王家诸郎亦皆可嘉，闻来觅婿，咸自矜持。唯有一郎在东床上袒腹卧，如不闻。"郗公曰："此正好！"访之，乃是逸少，因嫁女与焉。

【译文】

　　太傅郗鉴住在京口时，派门下仆役送信给丞相王导，想挑选他家的儿子当女婿。丞相告诉信使："你到东厢房里去，任意从中选一个。"仆役回去告诉太傅说："王家的几位郎君都值得称赞，听说太傅选女婿，都很拘谨庄重。唯有一位小郎裸露着肚子躺在东床之上，好像不知道有这回事。"郗鉴说："正是这个最好。"查问此人，就是王羲之，便将女儿嫁给了他。

可使著贼

【原文】

　　庾太尉与苏峻战，败，率左右十余人乘小船西奔。乱兵相剥掠，射，误中舵工，应弦而倒。举船上咸失色分散，亮不动容，徐曰："此手那可使着贼！"众乃安。

【译文】

　　太尉庾亮与叛臣苏峻作战，被打得大败，率领身边随从十数人，乘小船往西逃。叛军剥压抢掠，船上的人乱箭相射，误中舵工，舵工随着弓弦响便倒了下去。满船之人都大惊失色分散开来，庾亮脸色平静，缓缓地说："这样的手法，哪里能射中贼军！"船上的众人才安定下来。

太 傅 泛 海

【原文】

　　谢太傅盘桓东山时，与孙兴公诸人泛海戏。风起浪涌，孙、王诸人色并遽，便唱使还。太傅神情方王，吟啸不言。舟人以公貌闲意说，犹去不止。既风转急，浪猛，诸人皆喧动不坐。公徐云："如此，将无归！"众人即承响而回。于是审其量，足以镇安朝野。

【译文】

　　太傅谢安在东山隐居之时，常和孙兴公等名士乘船出游。一次，突然刮起大风，波浪涌起，孙兴公、王羲之等人神色慌张，高声喊着要回去，谢安神情正旺，只顾吟啸，没有作声。船夫因为谢安神态安闲，心情愉悦，便继续划船向前不停。一会儿，风更急，浪更猛，众人都惊恐喧哗坐不住了。谢安才缓缓地说："既然这样，那就回去吧！"众人立即应声安静下来，坐回原位。从这件事审察谢安的气量，完全有能力安定朝廷内外了。

儿 辈 破 贼

【原文】

　　谢公与人围棋，俄而谢玄淮上信至。看书竟，默然无言，徐向局。客问淮上利害。答曰："小儿辈大破贼。"意色举止，不异于常。

【译文】

　　谢安正与人下棋，一会儿，谢玄从淮地派来的信使到了，谢安看完书信，一句话也不说，仍是慢悠悠地转向了棋局。客人问淮上

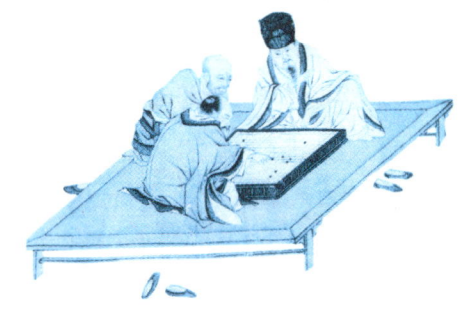

战局情况如何，他回答说："孩子们已经大破贼兵了。"当时说话的神情和举止与平时没有什么两样。

食 毕 便 退

【原文】

羊绥第二子孚，少有俊才，与谢益寿相好，尝蚤往谢许，未食。俄而王齐、王睹来。既先不相识，王向席有不说色，欲使羊去。羊了不昞，唯脚委几上，咏瞩自若。谢与王叙寒温数语毕，还与羊谈赏，王方悟其奇，乃合共语。须臾食下，二王都不得餐，唯属羊不暇。羊不大应对之，而盛进食，食毕便退。遂苦相留，羊义不住，直云："向者不得从命，中国尚虚。"二王是孝伯两弟。

【译文】

羊绥的二儿子羊孚，小时候就才华横溢，并与谢益寿交好。曾有一次早晨到谢家去，尚未吃早餐。一会儿王齐、王睹二兄弟来了，二王与羊孚以前不认识，在席间两人看了看，想让羊孚离去。羊孚对此不理不睬，只是把脚放在几案上，唱着歌，神情自若。谢混与二王寒暄几句后，便回过头来与羊孚对谈起来，越谈意境越深，二王方才明白羊孚是个奇才，于是就想插入与他交谈。一会儿上菜了，二王都顾不上吃，只是接连与羊孚说话。羊孚却不理睬他

们，只是大吃特吃，吃完就起身告辞，二王苦苦相留也留不住，羊孚直率地说："先前没有听从离去，是因为腹中空虚。"二王是王孝伯的两个弟弟。

乱 世 英 雄

【原文】

　　曹公少时见乔玄，玄谓曰："天下方乱，群雄虎争，拨而理之，非君乎？然君实是乱世之英雄，治世之奸贼。恨吾老矣，不见君富贵，当以子孙相累。"

【译文】

　　曹操年轻时拜见乔玄。乔玄对他说："天下正在战乱中，各路豪杰如猛虎相斗，能够治理好乱世的，不就是你了吗？但是，你确实是乱世的英雄，太平盛世的奸贼。遗憾的是我老了，见不到你富贵之日了，只好把子孙托付给你让你多加关照了。"

刘 备 才 干

【原文】

　　曹公问裴潜曰："卿昔与刘备共在荆州，卿以备才如何？"潜曰："使居中国，能乱人，不能为治。若乘边守险，足为一方之主。"

【译文】

　　曹操问裴潜说："当初你与刘备共在荆州，你以为刘备的才能怎样？"裴潜说："假如让他居守中原，那么他只能使社会动乱，而不能治理人民；如果让他把守险阻地方，那么他完全可以称雄一方。"

山 涛 论 兵

【原文】

　　晋武帝讲武于宣武场，帝欲偃武修文，亲自临幸，悉召群臣。山公谓不宜尔，因与诸尚书言孙、吴用兵本意。遂究论，举坐无不咨嗟。皆曰："山少傅乃天下名言。"后诸王骄汰，轻遘祸难，于是寇盗处处蚁合，郡国多以无备不能制服，遂渐炽盛，皆如公言。时人以谓"山涛不学孙、吴，而暗与之理会。"王夷甫亦叹云："公暗与道合。"

【译文】

晋武帝在宣武场讲武，目的是想停止战备，偃武修文，所以亲自驾临，召集全体大臣。山涛认为偃武修文不适宜，便和诸位尚书讲说孙子、吴子用兵的本意，并进一步地探讨，研究其中的道理，在座之人没有不赞叹的。大家都说："山太傅说的，是天下的至理名言。"后来被封的众王都骄纵凶横，制造事端，最终造成寇盗纷纷。地方政权由于没有武备，无法制服，导致贼寇逐渐强大起来，完全像山涛的预言。当时的人们认为：山涛没学过孙、吴兵法，而思想却与他们相通。王夷甫也叹息道："山公的想法与高深的道理相同啊。"

晋武帝司马炎

志 大 其 量

【原文】

王平子素不知眉子，曰："志大其量，终当死坞壁间。"

【译文】

王平子平时认为其侄子王玄并不聪明，他说："一个人如果志向大于他的才能，最后一定会死在壁垒之间。"

名 重 识 暗

【原文】

　　周伯仁母，冬至举酒赐三子曰："吾本谓渡江托足无所。尔家有相，尔等并罗列吾前，复何忧？"周嵩起，长跪而泣曰："不如阿母言。伯仁为人志大而才短，名重而识暗，好乘人之弊，此非自全之道。嵩性狼抗，亦不容于世。唯阿奴碌碌，当在阿母目下耳！"

【译文】

　　周伯仁的母亲在冬至那天，拿出酒来赐三个儿子喝，她说："我原先以为过江后没有地方可以落脚，现在你们家有任丞相职位的，又都罗列在我的面前，我担心什么呢？"二儿子周嵩起来，跪在地上哭泣着说："不像母亲说的那样。哥哥伯仁为人志大才短，有很大的名气，但见识不足，爱挑别人的毛病，这不是保全自身的良策。我的性情粗犷正直，也不能被社会所容。只有三弟，虽然平庸，但能长留在母亲面前呀！"

王 应 沉 江

【原文】

　　王大将军既亡，王应欲投世儒，世儒为江州。王含欲投王舒，舒为荆州。含语应曰："大将军平素与江州云何？而汝欲归之。"应曰："此乃所以宜往也。江州当人强盛时，能抗同异，此非常人所行，及睹衰厄，必兴愍恻。荆州守文，岂能作意表行事？"含不从，遂共投舒，舒果沉含父子于江。彬闻应当来，密具船以待之，竟不得来，深以为恨。

世说新语

○四九

　　大将军王敦死后，他的侄子王应打算投奔江州刺史王彬，王彬当时任江州刺史。王应的父亲王含打算投奔王舒，王舒任荆州刺史。王含向王应说："大将军平日与江州刺史关系如何？你却要去投奔他？"王应说："这也正是适宜去那里的道理啊。王彬在大将军强盛的时候，能不随声附和，这不是一般人所能做的。及至看到我们衰败危险，一定会生出怜悯之心。而王舒是一贯遵守上面的法令，哪能违法来冒险救我们呢？"王含不听，王应只好跟随其父一起投奔王舒。王舒果然把王含父子沉入江中溺死。王彬听到王应要来投奔，便秘密地准备了船等待他，结果未来，对此事深感遗憾。

桓温伐蜀

【原文】

　　桓公将伐蜀，在事诸贤咸以李势在蜀既久，承藉累叶，且形据上流，三峡未易可克。唯刘尹云："伊必能克蜀。观其蒲博，不必得则不为。"

【译文】

　　桓温将要伐蜀，朝中的执政大臣都认为，李势盘据蜀地时日已久，承藉父兄的威德已有几代，而且又占据着长江上游的好形势，三峡险恶不易攻克。只有刘真长说："他必定能攻下蜀地。从他平时赌博可以看出，没有取胜把握的事情他是不会去做的。"

不复为名

【原文】

　　韩康伯与谢玄亦无深好。玄北征后，巷议疑其不振。康伯曰："此人好名，必能战。"玄闻之甚忿，常于众中厉色曰："丈夫提千兵入死地，以事君亲故发，不得复云为名！"

【译文】

　　韩康伯与谢玄本来并没有太深的交情。谢玄北征后，人们都在议论他是否可以取胜。康伯说："此人喜爱名声，一定能够战胜敌人。"谢玄听到这话很气愤，常常在众人面前神色严厉地说："大丈夫率军出生入死，是为了侍奉君王，报答国君才这么做的，以后不能再说是为了名声！"

谢 公 相 士

【原文】

　　褚期生少时，谢公甚知之，恒云："褚期生若不佳者，仆不复相士。"

【译文】

　　褚期生年轻时，很受谢安的器重，他常说："褚期生如果不优秀的话，我这一辈子再也不识评人物了！"

平 舆 二 龙

【原文】

　　谢子微见许子将兄弟，曰："平舆之渊，有二龙焉。"见许子政弱冠之时，叹曰："若许子政者，有干国之器。正色忠謇，则陈仲举之匹；伐恶退不肖，范孟博之风。"

【译文】

　　谢子微见到许劭两兄弟，说道："平舆县的深渊里，有二条龙。"他见到许虔时，许虔仅二十岁，赞叹说："像许子政这样的人，有治理国家的器量。他的端庄严肃与忠诚正直，可以和陈仲举相比；惩罚邪恶，摒退不才，有范孟博的风度。"

三 叹 羊 叔

【原文】

　　羊公还洛，郭奕为野王令。羊至界，遣人要之。郭便自往，既见，叹曰："羊叔子何必减郭太业！"复往羊许，小悉还，又叹曰："羊叔子去人远矣！"羊既去，郭送之弥日，一举数百里，遂以出境免官，复叹曰："羊叔子何必减颜子！"

【译文】

　　羊祜要回洛阳。当时，郭奕任河南野王县县令。羊祜进入野王县后，派人去邀请郭奕相见。郭奕便亲自前往。见过羊祜之后，叹息道："羊叔子并不次于我郭太业。"待到又去羊祜处，回来却很快，又叹道："羊叔子比一般人强多了。"羊祜已经离开，郭奕去送行，走了一整天，相送了几百里，竟送出了县境，因此被免去了官职。他又叹息说："羊叔子一点不比于颜子逊色！"

羊祜

人 之 水 镜

【原文】

　　卫伯玉为尚书令，见乐广与中朝名士谈议，奇之，曰："自昔诸人没已来，常恐微言将绝，今乃复闻斯言于君矣！"命子弟造之曰："此人，人之水镜也，见之若披云雾睹青天。"

【译文】

　　卫伯玉任尚书令时，看见乐广和朝中的名士在一起清谈，感到惊奇，说道："自从当年那些名士去世以来，常常怕清谈快要绝迹，今天竟然从您这里听到这种绝妙的清谈了！"便叫自己的子侄去拜访乐广，对子侄说："这个人，是人中的水镜，如果见到他就像拨开云雾而看见青天一样。"

陆机兄弟

　　蔡司徒在洛，见陆机兄弟住参佐廨中，三间瓦屋，士龙住东头，士衡住西头。士龙为人，文弱可爱。士衡长七尺余，声作钟声，言多忼慨。

【译文】

　　司徒蔡谟在洛阳的时候，看见陆机、陆云兄弟住在政府辅佐人员的公署中，有三间瓦屋，陆云住在东头，陆机住在西头。陆云文弱可爱，陆机身高七尺多，说话声如洪钟，言谈慷慨激昂。

使 人 忘 疲

【原文】

　　王丞相招祖约夜语，至晓不眠。明旦有客，公头鬓未理，亦小倦。客曰："公昨如是，似失眠。"公曰："昨与士少语，遂使人忘疲。"

【译文】

　　丞相王导邀祖约晚上来清谈，从夜间一直谈到黎明还没睡。第二天早上有客人来访，王导出来见客时，还没有梳头，身体也有点困倦，客人问道："您昨天夜里好像失眠了。"王导说："昨夜与祖士少共谈，竟使人忘了疲劳。"

王 导

主 非 尧 舜

【原文】

　　王蓝田为人晚成，时人乃谓之痴。王丞相以其东海子，辟为掾。常集聚，王公每发言，众人竞赞之。述于末坐曰："主非尧舜，何得事事皆是。"丞相甚相叹赏。

【译文】

蓝田侯王述成名比较晚，当时人们就说他有点傻。丞相王导因为他是东海太守王承的儿子，就用他做司徒掾。有一次聚会，王导每次讲话，大家都争着赞美。王述坐在最后的位置上，说："主公不是尧、舜，怎么能事事都正确呢！"王导非常赞赏他。

海岱清士

【原文】

庾公为护军，属桓廷尉觅一佳吏，乃经年。桓后遇见徐宁而知之，遂致于庾公，曰："人所应有，其不必有；人所应无，己不必无。真海岱清士！"

【译文】

庾亮任护军将军的时候，托廷尉桓彝代找一个优秀的属官，找了一年竟也没有找到。桓彝后来碰见徐宁，并且很赏识他，就把他推荐给庾亮，并介绍说："人们所具备的，他不一定有；人们所没有的，他不一定没有。在海岱一带，他的确是清廉正直的人士！"

拔萃国举

【原文】

庾公云："逸少国举。"故庾倪为碑文云："拔萃国举。"

【译文】

庾亮说："王羲之是国中所推崇的人。"所以庾倪军给他的碑文中写有："在全国之中是出类拔萃的。"

王羲之

逸 少 清 贵

殷中军道王右军云:"逸少清贵人,吾于之甚至,一时无所后。"

【译文】

中军将军殷浩评论右军将军王羲之说:"逸少是个清高尊贵的人,与我相交甚厚,当时没有人可以赶得上他。"

谢 林 祖 刘

【原文】

王右军道谢万石"在林泽中为自遒上";叹林公"器朗神俊";道祖士少"风领毛骨,恐没世不复见如此人";道刘真长"标云柯而不扶疏"。

【译文】

右军将军王羲之评论谢万石"在山林湖泽这种隐居地里,能劲直向上";赞叹支道林"胸怀开阔,神情聪悟";评论祖士少"风度比容貌更动人,恐怕一辈子不会再见到这样的人";评论刘真长"像高耸入云的大树,枝叶繁而不乱"。

真 率 少 许

【原文】

简文道王怀祖:"才既不长,于荣利又不淡;直以真率少许,便足对人多多许。"

简文帝称道王怀祖说："才华既不出众，对名利又很热心，可是只凭着他真诚直率这一点，就足以抵得上别人许许多多。"

文 理 转 遒

【原文】

殷中军与人书，道谢万："文理转遒，成殊不易。"

【译文】

中军将军殷浩给友人写信，称赞谢万说："文辞义理越来越遒劲，取得这样的成就实在是非常的不容易。"

过 于 传 闻

【原文】

许玄度送母始出都，人问刘尹："玄度定称所闻不？"刘曰："才情过于所闻。"

【译文】

许玄度为送他母亲，第一次来到建康，有人问丹阳尹刘真长："玄度究竟和传闻的情况是不是一致？"刘真长说："他的才华超过了传闻。"

桓 温 诣 谢

【原文】

谢太傅为桓公司马，桓诣谢，值谢梳头，遽取衣帻，桓公云："何烦此。"因下共语至暝。既去，谓左右曰："颇曾见如此人不？"

【译文】

太傅谢安在桓温手下做司马。有一次，桓温到谢安那里去，正碰上谢安在梳头，谢安就匆忙去取衣服、头巾来穿戴。桓温说："何必烦劳这样呢！"便下堂去和他一直谈到夕阳西下。桓温出门后，问随从："你们曾经见过这样的人吗？"

桓 公 赞 叹

【原文】

　　桓大司马病，谢公往省病，从东门入。桓公遥望，叹曰："吾门中久不见如此人！"

【译文】

　　大司马桓温生了病，谢安去探望他，从东门进入。桓温远远地望见谢安，叹息着说："我在门中看不见这样的人好久了！"

沐 浴 此 言

【原文】

　　孙兴公为庾公参军，共游白石山。卫君长在坐，孙曰："此子神情都不关山水，而能作文。"庾公曰："卫风韵虽不及卿诸人，倾倒处亦不近。"孙遂沐浴此言。

【译文】

　　孙兴公在做庾公的参军时，一起去游白石山。当时卫永也在游伴中。孙兴公说："这个人的神态情感全不关心山水，但他却善写诗文。"庾亮说："卫君长的气度、风韵虽赶不上你们诸位，但令人佩服的地方也不浅。"孙兴公就沉浸在对此话的哲理之中。

刘 尹 简 文

【原文】

　　许玄度言："《琴赋》所谓'非至精者，不能与之析理'，刘尹其人；'非渊静者，不能与之闲止'，简文其人。"

【译文】

　　许玄度说："《琴赋》上说的'不是最精明的人，不能跟他分析事理'，指的是刘尹这样的人；'不是渊博沉静的人，不可同他相处'，指的是简文那样的人。"

魏 氏 有 人

【原文】

　　魏隐兄弟少有学义，总角诣谢奉。奉与语，大说之，曰："人宗虽衰，魏氏已复有人。"

【译文】

　　魏隐、魏遏兄弟，年纪很轻但很有学识。童年时去拜访谢奉，谢奉和他们交谈后，非常高兴，他说："这个大家族虽然衰落了，但魏家已有继承人了。"

仪 刑 百 揆

【原文】

　　桓公语嘉宾："阿源有德有言，向使作令仆，足以仪刑百揆。朝廷用违其才耳。"

【译文】

　　桓温告诉郗超说："阿源有修养，并善于谈论，如让他做尚书令或仆射，足足可以作为百官的楷模，朝廷却让他在军旅中任职，阻碍了他才能的发挥呀！"

刘 尹 之 言

【原文】

简文语嘉宾："刘尹语末后亦小异，回复其言，亦乃无过。"

【译文】

简文帝告诉郗超说："刘真长说话的末尾会与前面所说稍有不同，反复回味他的话，也还没有什么不妥。"

名 士 高 操

【原文】

谢太傅语真长："阿龄于此事，故欲太厉。"刘曰："亦名士之高操者。"

【译文】

谢安向刘真长说："阿龄对清言这件事仿佛太严厉了。"刘真长说："这也是名士中有高尚操守的人。"

警 悟 交 至

【原文】

林公云："见司州，警悟交至，使人不得住，亦终日忘疲。"

【译文】

支道林说："看到王胡之的机警、彻悟，使人不能不顺着他的思路走，也忘记一天的疲劳。"

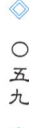

造 膝 共 语

【原文】

　　许掾尝诣简文，尔夜风恬月朗，乃共作曲室中语。襟情之咏，偏是许之所长。辞寄清婉，有逾平日。简文虽契素，此遇尤相咨嗟。不觉造膝，共叉手语，达于将旦。既而曰："玄度才情，故未易多有许。"

【译文】

　　许掾史曾去拜访简文帝，当天夜里，风静月明，二人就在深邃的密室里清谈。吟咏胸襟情怀，这正是许玄度的长处，这天的歌辞寄托着清秀婉约的情调，更是胜于平时。简文与他平素虽然很投合，但对这次的聚会尤为赞叹，不觉靠近玄度膝前，两手交叉谈了起来，一直谈到天亮，不久，简文说："玄度的才华情思，的确不易多得！"

后 来 之 秀

【原文】

　　范豫章谓王荆州："卿风流俊望，真后来之秀。"王曰："不有此舅，焉有此甥。"

【译文】

　　豫章太守范宁对荆州刺史王忱说："你风流而又有才华，名声不凡，真是后起之秀啊！"王忱说："没有您这样的舅舅，又怎么会有我这样的外甥呢。"

故 自 濯 濯

　　王恭始与王建武甚有情，后遇袁悦之间，遂致疑隙。然每至兴会，故有相思时。恭尝行散至京口射堂，于时清露晨流，新桐初引，恭目之，曰："王大故自濯濯。"

【译文】

　　王恭和王忱交情很深，后来因遭袁悦从中挑拨离间，便有了猜疑和嫌隙。然而每到能引起感触的场合，还会有思念之情。一次王恭去京口谢堂行散，当时清凉的露珠在晨曦中滚动，新桐发芽。王恭看着这些景物便说："王大的确清朗明净啊。"

常 有 新 意

【原文】

　　王恭有清辞简旨，能叙说，而读书少，颇有重出。有人道"孝伯常有新意，不觉为烦"。

【译文】

　　王恭说话清楚，意思简洁明确，善于叙说，但由于读书不多，谈话多有重复。有人说"孝伯说话常有新意，并不使人感到厌烦"。

功 德 先 后

　　汝南陈仲举，颍川李元礼，二人共论其功德，不能定先后，蔡伯喈评之曰："陈仲举强于犯上，李元礼严于摄下。犯上难，摄下易。"仲举遂在"三君"之下，元礼居"八俊"之上。

【译文】

　　人们一起评论汝南陈仲举和颍川李元礼二人的功德，无法确定谁先谁后，蔡伯喈评论他们道："陈仲举不畏强权，李元礼严于律己，又威慑下属。冒犯尊长难，严格管理部下容易。"于是，陈仲举便被排在"三君"之尾，李元礼则被排在"八俊"之首。

士 元 评 友

【原文】

　　庞士元至吴，吴人并友之。见陆绩、顾劭、全琮，而为之目曰："陆子所谓驽马有逸足之用，顾子所谓驽牛可以负重致远。"或问："如所目，陆为胜邪？"曰："驽马虽精速，能致一人耳。驽牛一日行百里，所致岂一人哉？"吴人无以难。"全子好声名，似汝南樊子昭。"

【译文】

　　庞士元到吴中，吴中的人都把他当作朋友。他看到陆绩、顾劭、全琮后，就评论他们说："陆绩是所谓驽马有跑得快的用途；顾劭就是人们所说的驽牛，能背负重物而到达远方。"有人问他："照你所说，陆绩超过顾劭吗？"庞士元回答说："驽马虽然比牛跑得快些，它所运载不过只一个人罢了；驽牛一天虽只走百里路，但它所运载的却不只是一人啊！"吴人没有话驳倒他。他又说："全琮爱好名声，和汝南的樊子昭一样。"

诸 葛 兄 弟

【原文】

诸葛瑾弟亮及从弟诞,并有盛名,各在一国。于时以为"蜀得其龙,吴得其虎,魏得其狗"。诞在魏,与夏侯玄齐名;瑾在吴,吴朝服其弘量。

【译文】

诸葛瑾的弟弟诸葛亮以及他们的堂弟诸葛诞名气都很大,他们三人各在一国。当时人们认为蜀国得了一条龙,吴国得了一只虎,魏国得了一条狗。诸葛诞在魏国,跟夏侯玄一样齐名;诸葛瑾在东吴,吴国朝野上下都佩服他庞大的器量。

诸葛亮

父 子 优 劣

【原文】

司马文王问武陔:"陈玄伯何如其父司空?"陔曰:"通雅博畅,能以天下声教为己任者,陈不如也。明练简至,立功立事,过之。"

【译文】

文王司马昭问武陔:"陈玄伯和他的父亲司空陈群相比如何?"武陔说:"其父通达事理、文雅识广、博大精深、心胸畅朗,把整顿天下声闻教化看作自己的责任,在这些方面,陈玄伯不如他的父亲;但在简明练达,建功立业方面,强于他的父亲。"

洛 阳 名 士

　　刘令言始入洛，见诸名士而叹曰："王夷甫太解明，乐彦辅我所敬，张茂先我所不解，周弘武巧于用短，杜方叔拙于用长。"

【译文】

　　刘令言刚到洛阳时，会见当时诸多名士之后，叹息道："王夷甫，过分追求显赫突出；乐彦甫，是我敬重的人；张茂先，是我不能理解的人；周弘武善于巧用他的缺点；杜方叔不善于运用他的优点。"

自 有 公 论

【原文】

　　王大将军下，庾公问："闻卿有四友，何者是？"答曰："君家中郎，我家太尉、阿平、胡毋彦国。阿平故当最劣。"庾曰："似未肯劣。"庾又问："何者居其右？"王曰："自有人。"又问："何者是？"王曰："噫！其自有公论。"左右蹑公，公乃止。

【译文】

　　大将军王敦到了建康，中书令庾亮问他道："听说你有四个好友，到底是谁呀？"王敦说："你家的中郎庾敳，我家的太尉夷甫，还有阿平、胡毋彦国。其中阿平是最差的一个。"庾亮说："他未必甘心排居四人之末。"庾又问："哪一个最好？"王敦说："自然有人。"又问："这个人是谁？"王敦说："噫！自然将会有公论的。"左右的人暗中踩了一下庾亮的脚，他才不再追问下去。

知 人 知 己

【原文】

　　明帝问谢鲲："君自谓何如庾亮？"答曰："端委庙堂，使百僚准则，臣不如亮。一丘一壑，自谓过之。"

【译文】

　　晋明帝问谢鲲道："你自己认为比庾亮怎么样？"鲲说："着朝服居于朝堂，为朝臣效仿的表率，我比不上庾亮；胸怀深山幽谷，放纵旷达，我认为要强于庾亮。"

郗 鉴 三 反

【原文】

　　卞望之云："郗公体中有三反：方于事上，好下佞己，一反；治身清贞，大修计校，二反；自好读书，憎人学问，三反。"

【译文】

　　卞望之说："郗公身上有三个矛盾的现象：对上司方正耿直，却喜欢下级对他献媚，这是第一件矛盾的事；自身要求清廉忠贞，处理事务却处处计较他人，这是第二件矛盾的事；自己好读书，却讨厌别人讨论、学习，这是第三件矛盾的事。"

兼 有 诸 美

时人道阮思旷："骨气不及右军，简秀不如真长，韶润不如仲祖，思致不如渊源，而兼有诸人之美。"

世人评论阮思旷："在风骨正气方面，不如王羲之；在简约秀逸方面，不如刘惔；温文尔雅又不如王濛；才思情致不及殷浩。可是他却兼有四个人的长处。"

简 文 论 人

简文云："何平叔巧累于理，嵇叔夜俊伤其道。"

简文帝说："何平叔过于巧以至于牵累了他的名理，嵇叔夜过于豪俊而违背了自然的宗旨。"

正 是 我 辈

桓大司马下都，问真长曰："闻会稽王语奇进，尔邪？"刘曰："极进，然故是第二流中人耳。"桓曰："第一流复是谁？"刘曰："正是我辈耳！"

大司马桓温到建康后，问刘真长道："听说会稽王在名理方面有很大的进步，真的吗？"刘真长说："的确如此，不过仍旧是第二流中的人罢了！"桓温说："第一流的人又是谁呢？"刘真长说："正是我们这些人呀！"

共 骑 竹 马

【原文】

殷侯既废，桓公语诸人曰："少时与渊源共骑竹马，我弃去，已辄取之，故当出我下。"

【译文】

殷浩兵败被罢官后，桓温对大家说："小时候我和渊源一道骑竹马玩，我扔掉的竹马，他就捡来使用，所以他本来就在我之下啊。"

宁 为 管 仲

【原文】

未废海西公时，王元琳问桓元子："箕子，比干，迹异心同，不审明公孰是孰非？"曰："仁称不异，宁为管仲。"

【译文】

还没有罢黜海西公的时候，王元琳问桓元子说："箕子和比干两人，所做的事虽然不同，但心意相同，不知道您更赞同谁？"桓元子说："如果他俩同时被称为仁人，那么我宁愿做管仲。"

世说新语

区 别 智 勇

【原文】

　　谢万寿春败后，简文问郗超：“万自可败，那得乃尔
失士卒情？”超曰：“伊以率任之性，欲区别智勇。”

【译文】

　　谢万在寿春县战败后，简文帝问郗超：“谢万的失败，在意料之中，可是为什么会如此失掉士兵们的爱戴之情？”郗超说：“他自以为放纵轻率的性格就是大智大勇。”

欲 言 又 止

【原文】

　　有人问谢安石、王坦之优劣于桓公。桓公停欲言，
中悔，曰：“卿喜传人语，不能复语卿。”

【译文】

　　有人向桓温询问谢安石和王坦之的优缺点。桓温沉思了一下，想回答，又改了主意便说：“你喜欢传别人的话，不能再对你说了。”

直 言 不 讳

【原文】

　　王中郎尝问刘长沙曰：“我何如荀子？”刘答曰：“卿
才乃当不胜荀子，然会名处多。”王笑曰：“痴！”

【译文】

　　北中郎将王坦之曾经问长沙相刘奭：“我和王修哪一个更强？”刘奭回答

说："你的才华当然比不上王修，可是融会贯通的本领却胜过他。"王坦之笑说："真呆！"

安 石 为 雄

【原文】

王右军问许玄度："卿自言何如安石？"许未答，王因曰："安石故相为雄，阿万当裂眼争邪？"

【译文】

右军将军王羲之问许玄度："你个人认为你和谢万、谢安相比怎么样？"许玄度还没有回答，王羲之又说："谢安自然是英雄，但谢万会怒目相争吧？"

水 平 相 当

【原文】

郗嘉宾道谢公："造膝虽不深彻，而缠绵纶至。"又曰："右军诣嘉宾。"嘉宾闻之云："不得称诣，政得谓之朋耳。"谢公以嘉宾言为得。

【译文】

郗嘉宾评论谢安说："谈论玄理虽然还不深刻透彻，可是思维却周详细密。"又有人说："右军造诣比较深。"嘉宾听到后说："不能说造诣很深，只能两人差不多。"谢安认为嘉宾的话有道理。

庾 公 林 公

【原文】

王子敬问谢公："林公何如庾公？"谢殊不受，答曰："先辈初无论，庾公自足没林公。"

王子敬问谢安："林公与庾公相比哪个强？"谢安对他的提问很不满意，回答说："前人从来没有谈论过，庾公本来就比林公强。"

吉 人 辞 寡

【原文】

　　王黄门兄弟三人俱诣谢公，子猷、子重多说俗事，子敬寒温而已。既出，坐客问谢公："向三贤孰愈？"谢公曰："小者最胜。"客曰："何以知之？"谢公曰："吉人之辞寡，躁人之辞多，推此知之。"

【译文】

　　黄门侍郎王子猷兄弟三人一起去拜访谢安，子猷和子重说了许多世俗之事，子敬只略作寒暄。他们离去后，在座的客人问谢安："刚才三个人哪个更强？"谢安说："小的最好。"客人问道："凭什么这样说？"谢安说："贤人话少，急躁的人话多。是从这个道理推断出来的。"

外 人 哪 知

【原文】

　　谢公问王子敬："君书何如君家尊？"答曰："固当不同。"公曰："外人论殊不尔。"王曰："外人那得知？"

【译文】

　　谢安问王子敬："您的书法和你父亲相比怎么样？"子敬回答说："本来是不同的。"谢安说："别人的议论绝不是这样。"王子敬说："别人怎么会知道？"

名 士 风 流

【原文】

有人问袁侍中曰:"殷仲堪何如韩康伯?"答曰:"理义所得,优劣乃复未辨;然门庭萧寂,居然有名士风流,殷不及韩。"故殷作诔云:"荆门昼掩,闲庭晏然。"

【译文】

有人问侍中袁恪之:"殷仲堪比韩康伯怎么样?"袁恪之回答说:"对于名理之学的心得谁高谁低还分不清,可是门庭闲静,显然保存着名士风雅,殷仲堪比不上韩康伯。"所以殷仲堪作诔文哀悼韩康伯时说:"柴门白天也虚掩着,闲适庭院悠然安逸。"

嘉 宾 为 上

【原文】

王子敬问谢公:"嘉宾何如道季?"答曰:"道季诚复抄撮清悟,嘉宾故自上。"

【译文】

王子敬问谢安:"嘉宾比道季怎么样?"谢安回答说:"道季确实用功、聪明,但嘉宾本来就在他之上。"

千 载 之 英

【原文】

桓玄为太傅,大会,朝臣毕集。坐裁竟,问王桢之

曰："我何如卿第七叔？"于时宾客为之咽气。王徐徐答
曰："亡叔是一时之标，公是千载之英。"一坐欢然。

【译文】

桓玄任太傅的时候，举行大会，朝廷上百官全都到齐。大家刚坐好，桓玄
就问王桢之："我和你七叔相比，怎么样？"当时在座的宾客都为王桢之紧张得
不敢喘气。王桢之慢慢回答说："亡叔只是当代的楷模，您却是千古的英豪。"
在座的人无不欢欣喜悦。

各 有 其 美

刘 瑾

【原文】

桓玄问刘太常曰："我何如谢太傅？"
刘答曰："公高，太傅深。"又曰："何如贤
舅子敬？"答曰："楂、梨、橘、柚，各有
其美。"

【译文】

桓玄问太常刘瑾说："我比谢太傅怎么样？"刘瑾回
答说："你高明，太傅深厚。"桓玄又问："和你的舅舅子
敬比如何？"刘瑾回答说："楂、梨、橘、柚，各有各的
美味。"

乳 母 获 免

【原文】

汉武帝乳母尝于外犯事，帝欲申宪，乳母求救东方
朔。朔曰："此非唇舌所争，尔必望济者，将去时，但
当屡顾帝，慎勿言。此或可万一冀耳。"乳母既至，朔
亦侍侧。因谓曰："汝痴耳！帝岂复忆汝乳哺时恩邪？"
帝虽才雄心忍，亦深有情恋，乃凄然愍之，即敕免罪。

【译文】

　　汉武帝的奶妈曾经在宫外犯了罪，武帝想依法处置她，奶妈去向东方朔求救。东方朔说："这不是靠唇舌能解决的事，你想要渡过这次难关的话，就要在离开的时候，只是连连回头看皇帝，千万不要说话。这样也许稍微还有些希望。"奶妈进来辞行时，东方朔也陪侍在皇帝身边，于是就对她说："你是傻子呀！难道皇帝还记得你喂奶时的恩情吗？"武帝虽然才智杰出，心性刚强但也产生了深切的依恋之情，也感到悲伤怜悯，立刻免她的罪。

东方朔

政 荒 民 弊

【原文】

　　孙皓问丞相陆凯曰："卿一宗在朝有几人？"陆曰："二相、五侯、将军十余人。"皓曰："盛哉！"陆曰："君贤臣忠，国之盛也。父慈子孝，家之盛也。今政荒民弊，覆亡是惧，臣何敢言盛！"

【译文】

　　孙皓问丞相陆凯说："你们陆氏一族在朝中做官的有几个人？"陆凯说："两个丞相、五个侯爵、十几个将军。"孙皓说："真兴盛啊！"陆凯说："做皇帝的贤明，做臣子的尽忠职守，国家才兴盛；父母慈爱，儿女孝顺，家庭才兴盛。现在朝政腐败，人民疲弊，就怕会亡国，我怎么敢说兴盛啊！"

阿 堵 之 物

【原文】

　　王夷甫雅尚玄远，常嫉其妇贪浊，口未尝言"钱"字。妇欲试之，令婢以钱绕床，不得行。夷甫晨起，见钱阂行，呼婢曰："举却阿堵物！"

　　王夷甫一向崇尚超凡脱俗，常常厌恶他妻子的贪婪卑污，口中绝不提"钱"字。他妻子想试试他，就叫婢女把钱堵在床的四周，使他不能走路。王夷甫早晨起床，看到钱阻挡他走路，就叫来婢女说："拿开这些东西！"

平 子 劝 嫂

【原文】

　　王平子年十四、五，见王夷甫妻郭氏贪欲，令婢路上儋粪。平子谏之，并言不可。郭大怒，谓平子曰："昔夫人临终，以小郎嘱新妇，不以新妇嘱小郎。"急捉衣裾，将与杖。平子饶力，争得脱，逾窗而走。

【译文】

　　王平子十四五岁时，看到王夷甫的妻子郭氏很贪心，竟叫婢女在路上担粪。就劝说不能这样做。郭氏大怒，对平子说："以前婆婆临终的时候，把你托付给我，而不是把我托付给你。"说完突然抓住平子的衣襟，要用棍子打他。平子使出力气挣脱开，跳窗逃跑了。

流 涕 谏 酒

【原文】

　　元帝过江犹好酒，王茂弘与帝有旧，常流涕谏。帝许之，命酌酒一酣，从是遂断。

【译文】

　　晋元帝到江南后更加喜欢喝酒，王茂弘和元帝是老朋友，常常流着泪劝他戒酒，元帝答应了，叫人斟了一杯酒，痛快饮完，从那以后就戒了酒。

苏 峻 东 征

苏峻东征沈充，请吏部郎陆迈与俱，将至吴，密敕左右，令入闾门放火以示威。陆知其意，谓峻曰："吴治平未久，必将有乱。若为乱阶，请从我家始。"峻遂止。

苏峻起兵往东讨伐沈充，邀请吏部郎陆迈和他一起去。快要到吴地的时候，苏峻秘密命令手下的人，叫他们进闾门去放火来显示军威。陆迈知道了他的用意，对他说："吴地刚太平了不长时间，这样做一定会发生祸乱。如果要制造骚乱的借口，请从我家开始。"苏峻于是停止了放火的计划。

莫 倾 栋 梁

陆玩拜司空，有人诣之，索美酒，得，便自起，泻着梁柱间地，祝曰："当今乏才，以尔为柱石之用，莫倾人栋梁。"玩笑曰："戢卿良箴。"

陆玩任职司空，有人去拜访他，向他索要美酒，拿到后，便起身将酒洒在梁柱间的地上，祷告说："当今之世缺乏人才，把你当作柱石支撑，你不要让栋梁倾斜了呀。"陆玩笑着说："谢谢你的良言相劝。"

远 公 讲 论

远公在庐山中，虽老，讲论不辍。弟子中或有堕者，远公曰："桑榆之光，理无远照，但愿朝阳之晖，与时并明耳。"执经登坐，讽诵朗畅，词色甚苦。高足之徒，皆肃然增敬。

【译文】

远公住在庐山，虽然年老，讲论经书却从不停止。他的子弟中有的人很懒惰，远公就说："我是桑榆之光，不会照太久，只是希望你们这些像朝阳光辉的年轻人能越来越明亮。"拿着经书坐上座榻，吟诵洪亮流畅，但言辞神态吃力。因此，他的徒弟们都更加肃然起敬。

杨 修 拆 门

【原文】

杨德祖为魏武主簿，时作相国门，始构榱桷，魏武自出看，使人题门作"活"字，便去。杨见，即令坏之。既竟，曰："门中'活'，'阔'字。王正嫌门大也。"

【译文】

杨德祖做魏武帝的主簿，当时正在建相国府的大门，开始架椽子的时候，曹操亲自前往视察。看过之后，让人在门上写了一个"活"字就离开了。杨修看见后，立即下令拆了此门。拆完后，杨修说："门中一个'活'字，是'阔'，魏王是嫌门太大了。"

皆 似 从 官

　　　　王东亭作宣武主簿，尝春月与石头兄弟乘马出郊。时彦同游者，连镳俱进。唯东亭一人常在前，觉数十步，诸人莫之解。石头等既疲倦，俄而乘舆回，诸人皆似从官，唯东亭奕奕在前。其悟捷如此。

【译文】

　　王东亭做宣武主簿时，曾经在春天与桓温的儿子石头兄弟一起骑马到去郊外。当时同游的人都并马而行，只有王东亭一人常常走在前面，和众人相差几十步，大家都不理解为什么。石头兄弟感到疲倦，不久就坐进车里，各位贤者并驾车后都像随行从官，只有东亭一人神采奕奕地走在前面。他就是这样聪明机敏。

蒸 饭 成 粥

【原文】

　　　　宾客诣陈太丘宿，太丘使元方、季方炊。客与太丘论议，二人进火，俱委而窃听。炊忘著箄，饭落釜中。太丘问："炊何不馏？"元方、季方长跪曰："大人与客语，乃俱窃听，炊忘著箄，饭今成糜。"太丘曰："尔颇有所识不？"对曰："仿佛志之。"二子俱说，更相易夺，言无遗失。太丘曰："如此，但糜自可，何必饭也？"

【译文】

　　宾客到陈太丘家住宿，太丘叫元方、季方兄弟二人去烧饭。客人与陈太丘谈论玄理，两兄弟把火点着，丢开不管，都屈身蹲在那里偷听，蒸饭忘了放箄，米落到锅中。陈太丘问："为什么不蒸饭？"元方、季方跪直了身子说："您与客人说话，我们都在偷听，就忘了放竹箄，如今饭变成粥。"太丘说："你们记住什么了吗？"元方、季方回答："仿佛记得。"二人一块说，又相互补充，没有一点遗漏之处。陈太丘说："能如此，只要有粥就可以了，又何必非要吃干饭？"

不 见 长 安

【原文】

晋明帝数岁，坐元帝膝上。有人从长安来，元帝问洛下消息，潸然流涕。明帝问何以致泣，具以东渡意告之。因谓明帝："汝意谓长安何如日远？"答曰："日远。不闻人从日边来，居然可知。"元帝异之。明日集群臣宴会，告以此意，更重问之。乃答曰："日近。"元帝失色，曰："尔何故异昨日之言邪？"答曰："举目见日，不见长安。"

【译文】

晋明帝年仅几岁时，有一次坐在元帝的膝上，有人从长安来，元帝向他询问洛阳的情况，不知不觉落下泪来。明帝问他什么事使他落泪，元帝就把东渡的不幸都对他说了，趁机问明帝："你认为长安和太阳哪个离我们远呢？"明帝回答："太阳远。没听说有人从太阳那里来，根据这个就可断定。"元帝觉得他的回答很独特。第二天，召集群臣宴会，把明帝的看法告诉大家，又重新问了一遍，明帝却回答说："太阳近。"元帝变了脸色，说："你为什么改变昨天说过的话？"明帝回答说："抬头只看得见太阳，而看不见长安。"

越 席 提 耳

【原文】

司空顾和与时贤共清言，张玄之、顾敷是中外孙，年并七岁，在床边戏。于时闻语，神情如不相属。瞑于灯下，二儿共叙客主之言，都无遗失。顾公越席而提其耳曰："不意衰宗复生此宝。"

司空顾和与当时的贤士一起清谈。张玄之与顾敷是他的孙儿和外孙，年龄都只有七岁，在床边玩耍，当时听到大人们的谈话，好像一点都不在意。但是夜里在灯光下两个小孩一起复述了客主二人的谈话，一点都没遗漏。顾和离开座位提着他们的耳朵说："没想到衰败的家族又出了宝贝。"

王 敦 击 鼓

【原文】

王大将军年少时，旧有田舍名，语音亦楚。武帝唤时贤共言伎艺事。人皆多有所知，唯王都无所关，意色殊恶，自言知打鼓吹。帝令取鼓与之，于坐振袖而起，扬槌奋击，音节谐捷，神气豪上，旁若无人。举坐叹其雄爽。

【译文】

大将军王敦年轻时就有"乡巴佬"的称号，说话也是很重的口音。有一次武帝召集当时的贤士共同谈论伎艺的事情，每个人有所见解，唯独王敦表现出与己无关并且神色难看。自己说会打鼓，于是武帝就命人拿鼓给他。于是他在席上摔袖而起，扬起鼓槌奋力敲击，音节和谐快捷，王敦的神气豪放，旁若无人，在座的无不赞叹他的雄武豪爽。

驱 散 婢 妾

　　王处仲世许高尚之目，尝荒恣于色，体为之弊。左右谏之。处仲曰："吾乃不觉尔。如此者甚易耳！"乃开后阁，驱诸婢妾数十人出路，任其所之，时人叹焉。

【译文】

　　世人给予王处仲"高尚"的评价。他曾经沉湎于女色之中，身体因此衰弱，身旁的人劝诫他，他说："我自己竟然没有了解到这一点，这样的话，要改变也很容易。"于是打开后门，放走数十名婢女侍妾，随便他们去哪里，当时的人没有不赞叹的。

三 起 三 叠

【原文】

　　庾稚恭既常有中原之志，文康时权重，未在己。及季坚作相，忌兵畏祸，与稚恭历同异者久之，乃果行。倾荆、汉之力，穷舟车之势，师次于襄阳。大会参佐，陈其旌甲，亲授弧矢曰："我之此行，若此射矣。"遂三起三叠，徒众属目，其气十倍。

【译文】

　　庾稚恭很早就有收复中原的志向。当庾亮当政时，权不在自己手中。等到季坚做了丞相，先忌讳用兵，很长一段时期，与稚恭意见不合，终于同意了。稚恭于是倾出荆、汉所有的力量，将所有舟、车驻扎在襄阳，并且召集所有部下，陈列旌旗、武器。稚恭亲自拉弓射箭，说："我们这次出行，就像这只射出的箭。"于是连射三箭都射中了。所有官兵见了，士气大增。

梁 王 安 在

桓玄西下，入石头。外白司马梁王奔叛。玄时事形已济，在平乘上笳鼓并作，直高咏云："箫管有遗音，梁王安在哉？"

【译文】

桓玄从西边顺流而下，进入石头城，属下报告说司马梁王已经叛逃，桓玄当时的大事已经成功，他坐在大船楼上，四面吹笳击鼓，他听了报告，高声吟诵阮籍的《咏怀诗》道："箫管有遗音，梁王安在哉？"

平 叔 貌 美

【原文】

何平叔美姿仪，面至白；魏明帝疑其傅粉。正夏月，与热汤饼。既啖，大汗出，以朱衣自拭，色转皎然。

【译文】

何平叔的相貌容仪很美好，脸很白。魏明帝曹睿怀疑他搽了粉，当时正是夏天，就赐给他热汤面吃。吃完，大汗淋漓，何平叔用红色的衣袖给自己擦汗，脸色变得更洁白明亮。

嵇 康 风 采

【原文】

嵇康身长七尺八寸，风姿特秀。见者叹曰："萧萧肃肃，爽朗清举。"或云："肃肃如松下风，高而徐引。"

山公曰："嵇叔夜之为人也，岩岩若孤松之独立；其醉也，傀俄若玉山之将崩。"

【译文】

　　嵇康身高七尺八寸，风度神采秀美出众。看到他的人都赞叹道："萧萧飒飒，爽朗明快，清高俊逸。"有的说："肃肃如松下吹过的风，清高又舒缓绵长。"山涛说："嵇叔夜的样子，如同高大的松树昂然独立；他酒醉后的样子，就像将要崩倒的玉山。"

玉 山 上 行

【原文】

　　裴令公有俊容仪，脱冠冕，粗服乱头皆好。时人以为"玉人"。见者曰："见裴叔则，如玉山上行，光映照人。"

【译文】

　　裴令公有俊美容貌仪容，即使摘去官帽，穿粗布衣服，头发蓬乱也都很美。当时的人把他称作"玉人"。见过他的都说："看到裴叔则就像在玉山上行走，光彩照人。"

才 不 称 貌

【原文】

　　王敬豫有美形，问讯王公。王公抚其肩曰："阿奴恨才不称！"又云："敬豫事事似王公。"

【译文】

　　王导的次子王敬豫有美好的姿容。他去看望父亲王导，王导拍着他的肩膀说："阿奴，遗憾的是你的才华和你的外表不相称！"又有人说："敬豫的言行举止，处处都像他的父亲。"

神仙中人

【原文】

　　王右军见杜弘治，叹曰："面如凝脂，眼如点漆，此神仙中人。"时人有称王长史形者，蔡公曰："恨诸人不见杜弘治耳！"

【译文】

　　王羲之见到杜弘治，赞叹道："脸白净光洁润泽，眼睛又黑又亮。这分明是神仙中的人物啊！"当时的人有称赞王濛的姿容很美，蔡公说："遗憾诸位没见过杜弘治呀！"

敬 伦 似 父

【原文】

　　王敬伦风姿似父，作侍中，加授桓公公服，从大门入。桓公望之，曰："大奴固自有凤毛。"

【译文】

　　王敬伦风度姿态很像他父亲王导。作侍中时，为桓公加授官爵，穿着朝服，从大门进来。桓公看着他说："王劭确实有先人的风采。"

企 脚 北 窗

【原文】

　　或以方谢仁祖不乃重者。桓大司马曰："诸君莫轻道，仁祖企脚北窗下弹琵琶，故自有天际真人想。"

世 说 新 语

有的人认为谢仁尚不足以被看重，桓大司马说："诸位不要轻视谢仁祖，他在北窗下踞着脚弹琵琶，确实有天边真人的情怀。"

周 处 自 新

【原文】

　　周处年少时，凶强侠气，为乡里所患。又义兴水中有蛟，山中有邅迹虎，并皆暴犯百姓，义兴人谓为"三横"，而处尤剧。或说处杀虎斩蛟，实冀"三横"唯余其一。处即刺杀虎，又入水击蛟，蛟或浮或没，行数十里，处与之俱。经三日三夜，乡里皆谓已死，更相庆。竟杀蛟而出，闻里人相庆，始知为人情所患，有自改意。乃自吴寻二陆，平原不在，正见清河。具以情告，并云："欲自修改，而年已蹉跎，终无所成。"清河曰："古人贵朝闻夕死，况君前途尚可。且人患志之不立，亦何忧令名之不彰邪？"处遂改励，终为忠臣孝子。

【译文】

　　周处年轻时，凶狠好强，性情蛮横，被乡里人视为祸害，加上义兴河中的巨蛟，山上有一只白额虎，经常祸害侵扰百姓，义兴人称他们为"三害"，而以周处最厉害。有的人劝说周处杀虎斩蛟，用意是希望三害中去掉两害。周处就去刺杀恶虎，又下河击巨蛟，蛟一会浮出水面，一会儿又沉没，漂行数十里，周处跟它搏斗在一起，经过了三天三夜，乡里人都说他已经死了，四处相告，拍手庆贺。最后周处终于杀了巨蛟上岸。听说乡亲们庆贺的事，才知道自己被人视为祸害，就开始有了改过自新的诚意。于是到吴去找陆机、陆云兄弟，陆机不在，正好见到陆云，就把事情都告诉了他，并说："自己想改过自新，但年纪已大，怕最后没什么成就。"陆云说："古人以'朝闻道，夕死可矣'的精神为贵，况且今后的路还长着呢。而且人所担心的是不立志，又何必担心名声不显著呢？"从此周处改变了以往的做人态度和作风，努力上进，终于成了一名忠臣孝子。

戴 渊 少 时

【原文】

戴渊少时，游侠不治行检，尝在江、淮间攻掠商旅。陆机赴假还洛，辎重甚盛。渊使少年掠劫。渊在岸上，据胡床指麾左右，皆得其宜。渊既神姿峰颖，虽处鄙事，神气犹异。机于船屋上遥谓之曰："卿才如此，亦复作劫邪？"渊便泣涕，投剑归机，辞厉非常。机弥重之，定交，作笔荐焉。过江，仕至征西将军。

【译文】

戴渊少年时做侠客，不修治操行，曾在江淮之间袭击抢掠商旅。陆机休假回洛阳，随身携带很多财物，戴渊派一些青少年去抢劫。他在岸上，坐在胡床上指挥部下，安排得恰到好处。戴渊本来就神姿出众，虽然做的是抢劫之事，神态气度也异于常人。陆机立在船舱中远远地对他说："你的才能如此不凡，又为什么干这种抢劫勾当呢？"戴渊听了不禁流泪，扔剑归顺了陆机，他言辞慷慨激烈。陆机愈发看重他，两人结为好友，陆机为他写了推荐信。渡江后，戴渊官至征西将军。

阿 龙 超 脱

【原文】

　　王丞相拜司空，桓廷尉作两髻、葛裙、策杖，路边窥之，叹曰："人言阿龙超，阿龙故自超！"不觉至台门。

【译文】

　　丞相王导就任司空，廷尉桓彝在头上扎两个发髻，穿着葛布衣，拄着手杖，在路边偷看，赞叹道："人们都说阿龙卓越，阿龙确实卓越啊！"不知不觉跟到了台门前。

丞 相 恋 旧

【原文】

　　王丞相过江，自说昔在洛水边，数与裴成公、阮千里诸贤共谈道。羊曼曰："人久以此许卿，何须复尔？"王曰："亦不言我须此，但欲尔时不可得耳！"

【译文】

　　王导过江后，自己说起以往在洛水边，多次与裴成公、阮千里各位贤士一起谈玄论道。羊曼说："大家早就用此事来称赞你，何必再重复呢？"王导说："也不是说我必须这样，只是想念那段时光不可再得罢了！"

驴 鸣 送 葬

【原文】

　　　　王仲宣好驴鸣。既葬，文帝临其
丧，顾语同游曰："王好驴鸣，可各
作一声以送之。"赴客皆一作驴鸣。

【译文】

　　王仲宣喜欢听驴叫，死后下葬的时候，魏文帝
曹丕亲自来参加葬礼。文帝回头对回来的人说："王
仲宣喜欢听驴叫，可每人学叫一声为他送葬。"于是
来宾都学了声驴叫。

魏文帝曹丕

令 此 人 死

【原文】

　　　　孙子荆以有才，少所推服，唯雅敬王武子。武子丧
时，名士无不至者。子荆后来，临尸恸哭，宾客莫不垂
涕。哭毕，向灵床曰："卿常好我作驴鸣，今我为卿作。"
体似真声，宾客皆笑。孙举头曰："使君辈存，令此人
死！"

【译文】

　　孙子荆自认为很有才华很少推崇钦佩他人，唯独对王武子向来很尊敬。王
武子死时，名士没有不来吊丧的。孙子荆稍后才来，对着王武子的遗体悲切痛
哭，宾客没有不落泪的。哭完后，对着灵床说："你常喜欢听我学驴叫，今天
我再为你学一次。"模仿得像真的一样，来宾都笑了出来。孙子荆抬起头说：
"竟然让你们活着，却让武子这样的人死了！"

情 之 所 钟

【原文】

　　王戎丧儿万子，山简往省之，王悲不自胜。简曰："孩抱中物，何至于此？"王曰："圣人忘情，最下不及情；情之所钟，正在我辈。"简服其言，更为之恸。

【译文】

　　王戎的儿子万子死了，山简前往探望他，王戎悲哀得难以自制。山简说："孩子年纪还小，何至于悲痛到这地步？"王戎说："圣人能忘掉喜怒哀乐，自然超脱。而感情最专注的，正是我们这些人那。"山简感服于他的话，转而为他悲痛。

鼓 琴 吊 丧

【原文】

　　顾彦先平生好琴，及丧，家人常以琴置灵床上。张季鹰往哭之，不胜其恸，遂径上床，鼓琴，作数曲竟，抚琴曰："顾彦先颇复赏此不？"因又大恸，遂不执孝子手而出。

【译文】

　　顾彦先在世时爱鼓琴，当他死后，家人常常将琴放在灵床上。张季鹰去悼念他，悲恸难以自制，便径直登上灵床弹琴，奏了几个曲子。弹完之后，抚摸着琴说："顾彦先，你还能欣赏这琴声吗？"说着又放声痛哭，也没有握孝子的手便走出去了。

道 林 之 死

【原文】

　　支道林丧法虔之后，精神霣丧，风味转坠。常谓人曰："昔匠石废斤于郢人，牙生辍弦于钟子，推己外求，良不虚也！冥契既逝，发言莫赏，中心蕴结，余其亡矣！"却后一年，支遂殒。

【译文】

　　支道林在同学法虔死后，精神颓废消沉，风度大减，曾经对人说："过去匠石为了郢人而不再使用斧子；伯牙为了钟子期而毁琴绝弦，根据自己去推想别人，的确不是虚言呀！知心的朋友不存在了，我的言谈再也无人欣赏，心中忧郁积结，我将要死了！"过了一年，支道林果然死去。

人 琴 俱 亡

【原文】

　　王子猷、子敬俱病笃，而子敬先亡。子猷问左右："何以都不闻消息？此已丧矣。"语时了不悲。便索舆来奔丧，都不哭。子敬素好琴，便径入坐灵床上，取子敬琴弹，弦既不调，掷地云："子敬！子敬！人琴俱亡！"因恸绝良久，月余亦卒。

【译文】

　　王子猷、子敬兄弟俩都病得很重，而子敬先死了。子猷问随从："为什么完全听不到子敬的消息？这是已经死了。"说话时一点也不悲伤。于是叫来车子去奔丧，也没哭。子敬平素喜欢弹琴，子猷径直走进去坐在灵床上，拿出子敬的琴弹奏，琴弦已经不协调了，他把琴扔到地上说："子敬，子敬，你人和琴都死了！"于是因悲痛昏厥了很长时间，一个多月以后，子猷也死了。

道 士 孙 登

【原文】

　　嵇康游于汲郡山中，遇道士孙登，遂与之游。康临
去，登曰："君才则高矣，保身之道不足。"

【译文】

　　嵇康在汲郡山中闲游，遇见道士孙登，于是跟他学习。嵇康临走时，孙登
说："你的才情确实很高，可惜保全自身的能力不足。

不 惊 宠 辱

【原文】

　　阮光禄在东山，萧然无事，常内足于怀。有人以问
王右军，右军曰："此君近不惊宠辱，虽古之沉冥，何
以过此？"

【译文】

　　金紫光禄大夫阮裕隐居在东山，清静无所事事，心中却常常感到满足。有
的人向王羲之问起他，王羲之说："这个人几乎不被宠辱所惊扰，即使是守道
无为的隐士，也不会超过他吧？"

褒 贬 分 明

【原文】

　　孟万年及弟少孤，居武昌阳新县。万年游宦，有盛名当世，少孤未尝出，京邑人士思欲见之，乃遣信报少孤，云："兄病笃。"狼狈至都。时贤见之者，莫不嗟重。因相谓曰："少孤如此，万年可死。"

【译文】

　　孟万年和他弟弟孟少孤，住在武昌郡阳新县。万年外出做官在当时很有名气。孟少孤没有到过京城。一些名流都想见见他，便派信使给少孤报信说："你哥哥病重。"少孤急急忙忙地赶到京城，当时见到他的贤达之士，没有谁不赞叹、器重他。于是他们相互说："少孤这样做，万年可以死而无憾了。"

仕 隐 殊 途

【原文】

　　南阳翟道渊与汝南周子南少相友，共隐于寻阳。庾太尉说周以当世之务，周遂仕，翟秉志弥固。其后周诣翟，翟不与语。

【译文】

　　南阳人翟道渊和汝南人周子南在年轻时，就是一对好朋友，两人一道在寻阳县隐居。太尉庾亮曾劝说周子南关心当代的国家大事，子南于是出来做官了；翟道渊守志更坚。后来周子南去拜访翟道渊，翟道渊不和他说话。

昭 君 出 塞

【原文】

　　汉元帝宫人既多，乃令画工图之，欲有呼者，辄披图召之。其中常者，皆行货赂。王明君姿容甚丽，志不苟求，工遂毁为其状。后匈奴来和，求美女于汉帝，帝以明君充行。既召见而惜之。但名字已去，不欲中改，于是遂行。

【译文】

　　汉元帝后宫有太多美人，于是就派画工去画下她们的形貌，想要叫人时，就翻看画像按图召见。其中有些相貌平平的人就贿赂画工。王昭君容貌非常美丽，不愿干行贿的勾当，画工就丑化了她的形象。后来匈奴来媾和，向汉元帝求赐美女，元帝便拿昭君充数嫁去。等到召见那天元帝很舍不得她，但是名字已经送给了匈奴，不想中途更改，于是昭君去了匈奴。

王昭君

婕 妤 蒙 谗

【原文】

　　汉成帝幸赵飞燕，飞燕谗班婕妤祝诅，于是拷问。辞曰："妾闻死生有命，富贵在天。修善尚不蒙福，为邪欲以何望？若鬼神有知，不受邪佞之诉；若其无知，诉之何益？故不为也。"

【译文】

　　汉成帝很宠爱赵飞燕，飞燕诬陷班婕妤向鬼神诅咒她，于是拷问班婕妤。班婕妤的供词说："我听说死生由命运来决定，富贵随天意去安排。做好事尚且不能受保佑，起邪念又能指望什么呢？如果鬼神有知觉，就不会接受邪恶之人的诅咒；如果鬼神没有知觉，诅咒又有什么用？所以我是不做这种事的。"

作 粟 粥 待

【原文】

　　许允为吏部郎，多用其乡里，魏明帝遣虎贲收之。其妇出诫允曰："明主可以理夺，难以情求。"既至，帝核问之。允对曰："'举尔所知'。臣之乡人，臣所知也。陛下检校为称职与不？若不称职，臣受其罪。"既检校，皆官得其人，于是乃释。允衣服败坏，诏赐新衣，初，允被收，举家号哭。阮新妇自若云："勿忧，寻还。"作粟粥待，顷之，允至。

【译文】

　　许允担任吏部郎的时候，大多任用他的同乡，魏明帝就派虎贲去逮捕他。许妻出来告诫丈夫说："对英明的君主只可以用道理去取胜，不能用人情哀求。"押到后，明帝审问他。许允回答说："孔子说'提拔你所了解的人'，臣的同乡，就是臣所了解的人。陛下可以审查、核实他们是否称职，如果不称职，臣甘愿领罪。"查验以后，知道各个职位都用人得当，于是就释放了他。许允穿的衣服破旧，明帝就赏赐新衣服。起初，许允被逮捕时，全家都号哭，他妻子阮氏却神态自若，说："不要担心，马上就会回来的。"煮好小米粥等着他。不久，许允就回来了。

诸 葛 诞 女

【原文】

　　王公渊娶诸葛诞女。入室，言语始交，王谓妇曰："新妇神色卑下，殊不似公休。"妇曰："大丈夫不能仿佛彦云，而令妇人比踪英杰！"

　　王公渊娶诸葛诞的女儿为妻，进入新房，刚开始交谈，王公渊就对妻子说："新妇神态面色都很低下，一点也不像你父亲公休。"他妻子说："大丈夫不能像你父亲彦云，却要求妇人向英杰看齐！"

契 若 金 兰

【原文】

　　山公与嵇、阮一面，契若金兰。山妻韩氏觉公与二人异于常交，问公。公曰："我当年可以为友者，唯此二生耳！"妻曰："负羁之妻亦亲观狐、赵，意欲窥之，可乎？"他日，二人来，妻劝公止之宿，具酒肉。夜穿墉以视之，达旦忘反。公入曰："二人何如？"妻曰："君才致殊不如，正当以识度相友耳。"公曰："伊辈亦常以我度为胜。"

【译文】

　　山涛和嵇康、阮籍第一次见面，就情意相投，成了好兄弟。山涛的妻子韩氏，发现山涛和两人不同于一般交情，就问山涛。山涛说："我现在认为可以做朋友的，只有这两人而已！"他妻子说："僖负羁的妻子也曾亲自观察过狐偃和赵衰，我也想偷着观察一下他们，行吗？"有一天，两人来了，山涛的妻子就劝山涛留他们住下来，并且准备好酒肉；夜里透过墙壁的缝隙来察看他们，看到天亮也忘了回去。山涛进来问道："这两个怎么样？"他妻子说："您才能、情趣比他们差得多，只能靠见识、气度和他们结交罢了。"山涛说："他们也常常认为我的气度较好。"

王 湛 选 偶

【原文】

　　王汝南少无婚，自求郝普女。司空以其痴，会无婚处，任其意便许之。既婚，果有令姿淑德。生东海，遂为王氏母仪。或问汝南何以知之。曰："尝见井上取水，举动容止不失常，未尝忤观。以此知之。"

【译文】

　　汝南内史王湛年轻时还没有成婚，便自己提出要娶郝普的女儿。他父亲王昶认为他痴呆，正好没有对象，就答应了他。婚后，郝氏果真有美丽的姿容，贤淑的节操。后来生了王承，终于成了王氏家族良母的典范。有人问王湛根据什么识别的，王湛说："我曾经看见她上水井打水，举止仪容不失规矩，也不举目直视，因此知道。"

俊 才 女 德

【原文】

　　王司徒妇，钟氏女，太傅曾孙，亦有俊才女德，钟、郝为娣姒，雅相亲重。钟不以贵陵郝，郝亦不以贱下钟。东海家内则郝夫人之法；京陵家内范钟夫人之礼。

【译文】

　　司徒王浑的妻子是钟家的女儿，太傅钟繇的曾孙女，也有卓越的才智和女子的贤德。钟氏和郝氏是妯娌，两人既亲近又互相敬重。钟氏既不因为出身高贵而在郝氏前以势压人，郝氏也不因为门第下贱而在钟氏面前低声下气。在王承一家里，都以郝夫人的法度为准则；在王浑一家里，都以钟夫人的礼法为规范。

屈 节 为 妾

【原文】

　　周浚作安东时，行猎，值暴雨，过汝南李氏。李氏富足，而男子不在。有女名络秀，闻外有贵人，与一婢于内宰猪羊，作数十人饮食，事事精办，不闻有人声。密觇之，独见一女子，状貌非常，浚因求为妾。父兄不许，络秀曰："门户殄瘁，何惜一女？若连姻贵族，将来或大益。"父兄从之。遂生伯仁兄弟。络秀语伯仁等："我所以屈节为汝家作妾，门户计耳！汝若不与吾家作亲亲者，吾亦不惜余年。"伯仁等悉从命。由此李氏在世，得方幅齿遇。

【译文】

　　周浚任安东将军时，出外打猎正碰上下暴雨，便去汝南李氏家拜访。李氏家境富有，只是男人不在家。有个女儿，名叫络秀，听说外面来了贵人，就和一个婢女在后院杀猪宰羊，准备几十人的饮食，样样都很精美，却听不到什么声音。周浚就去偷看一下，只看见一个女子，相貌不同一般；过后，周浚请求娶她为妾，女方的父兄不答应。络秀说："我们家门第衰微，何必怜惜一个女子！如果和贵族联姻，将来也许好处很大。"父兄就顺从了她。后来生了周伯仁几兄弟。络秀对伯仁兄弟说："我之所以降身屈节，嫁到你周家做小妾，只是为家世门第考虑。你们如果不肯和我家做亲戚，我也不会吝惜晚年！"伯仁兄弟全都听从母亲的吩咐，因此，李家在社会上，得到正当的礼遇。

李 势 之 妹

【原文】

　　桓宣武平蜀，以李势妹为妾，甚有宠，常着斋后。主始不知，既闻，与数十婢拔白刃袭之。正值李梳头，发委藉地，肤色玉曜，不为动容。徐曰："国破家亡，无心至此。今日若能见杀，乃是本怀。"主惭而退。

【译文】

　　桓温平定了蜀地，把李势的妹妹收为妾，对她很宠爱，总是把她安置在书斋后住。温妻南康长公主开始不知道，后来听说了，就带着几十个婢女提着刀去杀她。到了那里，正遇见李氏在梳头，头发垂下来铺到地上，肤色像白玉一样光采照人，脸上表情丝毫未变。慢慢地说道："我国破家亡，并无心到这里来；今天如果能被杀而死，这倒是我内心的愿望。"公主很惭愧，就退出去了。

济 尼 之 论

【原文】

　　谢遏绝重其姊，张玄常称其妹，欲以敌之。有济尼者，并游张、谢二家。人问其优劣，答曰："王夫人神情散朗，故有林下风气。顾家妇清心玉映，自是闺房之秀。"

【译文】

　　谢遏非常敬重自己的姐姐谢道韫，张玄常常称赞自己的妹妹，想使她和谢遏姐姐匹敌。有个叫济尼的尼姑，和张、谢两家都有交往，别人问她这两个人的高下。她回答说："王夫人精神洒脱，确实有竹林七贤的风度与气概；顾家媳妇心地清纯，如美玉生辉，自然是闺房中的杰出者。"

折 臂 三 公

人有相羊祜父墓，后应出受命君。祜恶其言，遂掘断墓后，以坏其势。相者立视之曰："犹应出折臂三公。"俄而祜坠马折臂，位果至公。

【译文】

有人相羊祜父亲的坟墓，说后代该出受命之君。羊祜厌恶这种说法，就挖断墓后的土石以破坏它的态势。看风水的人站着观察，说道："还要出个断臂的三公。"不久羊祜从马背上跌下来，摔断了手臂，后来果然官至三公。

善 解 马 性

【原文】

王武子善解马性。尝乘一马，著连钱障泥。前有水，终日不肯渡。王云："此必是惜障泥。"使人解去，便径渡。

【译文】

王武子很了解马的脾性。他曾经骑乘一匹马，马背上盖着连钱花纹的垫子，碰到前面有条河，过了半天，马不肯从水里走过去。王武子说："这一定是马舍不得弄坏垫子。"叫人解下垫子，马一下子就渡过去了。

委 罪 于 树

【原文】

王丞相令郭璞试作一卦，卦成，郭意色甚恶，云："公有震厄！"王问："有可消伏理不？"郭曰："命驾西出数里，得一柏树，截断如公长，置床上常寝处，灾可消矣。"王从其语。数日中，果震柏粉碎，子弟皆称庆。大将军云："君乃复委罪于树木。"

【译文】

丞相王导叫郭璞试着占一卦，卦算出后，郭璞的脸色很难看，说："您有雷震之灾。"王导问："有没有可以消灾的办法？"郭璞说："让人驾车往西走几里地，那里有一棵柏树，截成和您一样高的树干，放在床上经常睡的那个位置，灾难就可以消除了。"王导按他的话做了。过了几天，雷电果然把柏木击得粉碎，大家都很高兴，互相道贺。大将军王敦对郭璞说："您竟然把罪过推给树木！"

妙 解 经 脉

【原文】

殷中军妙解经脉，中年都废。有常所给使，忽叩头流血。浩问其故，云："有死事，终不可说。"诘问良久，乃云："小人母年垂百岁，抱疾来久，若蒙官一脉，便有活理。讫就屠戮无恨。"浩感其至性，遂令舁来，为诊脉处方。始服一剂汤，便愈。于是悉焚经方。

【译文】

殷中军精通经脉之学，中年以后全荒废不用了。一次，有个常在身边使唤的差役，忽然跪下给他叩头，磕得额上出血。殷浩问他原因，他说："有件关系人命的事，始终不便说出口。"追问他很久才说："我的母亲年近百岁，病了很久，如能承蒙您给她诊病，就有活下来的可能。事后，让我死了也绝无遗憾。"殷浩被他的孝心所感动，让他把母亲抬来，为她诊脉开药。刚吃了一剂药，病就好了。殷浩于是把所有的医药方书都烧了。

弹 棋 之 艺

【原文】

　　弹棋始自魏宫内用妆奁戏。文帝于此戏特妙，用手巾角拂之，无不中。有客自云能，帝使为之。客著葛巾角，低头拂棋，妙逾于帝。

【译文】

　　弹棋源于曹魏宫廷中用妆奁作的游戏。魏文帝对这个游戏特别精通，用手巾角拂击弹子，没有不中的。有位客人说自己也很精通，文帝让他玩一下。这人拿着葛巾角，低头拂击棋子，比文帝玩的还绝妙。

钟 书 荀 画

【原文】

　　钟会是荀济北从舅，二人情好不协。荀有宝剑，可直百万，常在母钟夫人许，会善书，学荀手迹，作书与母取剑，仍窃去不还。荀勖知是钟，而无由得也，思所以报之。后钟兄弟以千万起一宅，始成，甚精丽，未得移住。荀极善画，乃潜往画钟门堂，作太傅形象，衣冠状貌如平生。二钟入门，便大感恸，宅遂空废。

【译文】

　　钟会是荀济北的堂舅，两人感情不和。荀勖有一把宝剑，价值百万，常放在母亲钟夫人那里。钟会擅长书法，就模仿荀勖的字迹，写信给钟夫人，把剑骗走不还。荀勖知道是钟会干的，却没有办法要回来，就琢磨报复的方法。后来钟氏兄弟用千万钱建了一所住宅，刚建成，很精致漂亮，但是还没搬去住。荀勖很善于作画，就潜入钟家的新房子，在门堂上画了一幅钟太傅的画像，衣冠容貌跟活着时一模一样。钟氏兄弟一进门，十分悲痛，新宅于是就空闲荒废了。

绘 画 有 益

戴安道就范宣学，视范所为：范读书亦读书，范抄书亦抄书。唯独好画，范以为无用，不宜劳思于此。戴乃画《南都赋图》，范看毕咨嗟，甚以为有益，始重画。

【译文】

戴安道拜范宣为师向他求学，看范宣做什么，他就做什么，范宣读书他也跟着读书，范宣抄书他也跟着抄书。唯独对爱好画画，范宣却认为无用，不应该在这方面劳神。戴安道就画了一幅《南都赋图》，范宣看过后，赞叹不已，认为大有益处，才开始重视绘画。

传 神 写 照

【原文】

顾长康画人，或数年不点目睛。人问其故，顾曰："四体妍蚩，本无关于妙处，传神写照，正在阿堵中。"

【译文】

顾长康画人物，有时几年都不把眼珠画上。有人问他其中缘由，顾长康说："四肢身体的美丑，本与画的奥妙所在无关，画像的传神之笔，关键在于这里面。"

作 父 如 此

【原文】

孝武在西堂会，伏滔预坐。还，下车呼其儿，语之曰："百人高会，临坐未得他语，先问：'伏滔何在？在此不？'此故未易得。为人作父如此，何如？"

世 说 新 语

　　孝武帝在西堂大宴群臣，伏滔也在座。回家后，下车就唤出他的儿子，对他说："在上百人的盛会上，帝王任何话都没说，就先问：'伏滔在哪儿？在这儿吗？'这确实难得。做人能做到像你父亲这样，怎么样？"

卿 莫 负 我

【原文】

　　卞范之为丹阳尹，羊孚南州暂还，往卞许，云："下官疾动，不堪坐。"卞便开帐拂褥，羊径上大床，入被须枕。卞回坐倾睐，移晨达莫。羊去，卞语曰："我以第一理期卿，卿莫负我。"

【译文】

　　卞范之作丹阳尹时，羊孚从南州临时回京，到卞范之那里去，说："我的病发作了，不能坐着。"卞范之就掀开帐子，拂拭褥子，羊孚径直登上大床，并盖上被子，枕上枕头。卞范之扭身坐着，侧脸看他，从早晨直到日落。羊孚临走时，卞范之对他说："我把头等重要的事托付给你，你不要辜负我呀！"

竹 林 七 贤

【原文】

　　陈留阮籍、谯国嵇康、河内山涛，三人年皆相比，康年少亚之。预此契者：沛国刘伶、陈留阮咸、河内向秀、琅邪王戎。七人常集于竹林之下，肆意酣畅，故世谓"竹林七贤"。

【译文】

　　陈留的阮籍、谯国的嵇康、河内的山涛三人年纪相仿，而嵇康年纪稍比他们小些。参与这一聚会的还有：沛国的刘伶、陈留的阮咸、河内的向秀、琅琊的王戎。七个人常在竹林聚会，尽情畅快地饮酒，所以世人称他们为"竹林七贤"。

阮 籍 服 丧

【原文】

　　阮籍遭母丧，在晋文王坐，进酒肉。司隶何曾亦在坐，曰："明公方以孝治天下，而阮籍以重丧，显于公坐，饮酒食肉，宜流之海外，以正风教。"文王曰："嗣宗毁顿如此，君不能共忧之，何谓？且有疾而饮酒食肉，固丧礼也！"籍饮啖不辍，神色自若。

【译文】

　　阮籍在为母亲服丧期里，在晋文王司马昭那里饮酒吃肉。当时司隶何曾也在座，对晋文王说："明公您以孝治天下，而阮籍身有重孝却公然坐在你面前饮酒吃肉，应该把他流放到边远地区，以端正教化。"晋文王说："嗣宗已因母丧过哀消瘦成这样，你不和我一起共同关心他，为什么呢？况且居丧之时饮酒食肉，原本也是符合丧礼的。"阮籍吃喝不停，神色不变。

刘 伶 病 酒

【原文】

　　刘伶病酒，渴甚，从妇求酒。妇捐酒毁器，涕泣谏曰："君饮太过，非摄生之道，必宜断之！"伶曰："甚善！我不能自禁，唯当祝鬼神，自誓断之耳，便可具酒肉。"妇曰："敬闻命！"供酒肉于神前，请伶祝誓。伶跪而祝曰："天生刘伶，以酒为名，一饮一斛，五斗解酲。妇人之言，慎不可听！"便引酒进肉，隗然已醉矣。

刘伶因为醉酒身体不适，口渴得厉害，就向夫人要酒喝。夫人把酒倒掉，把酒具毁坏，流着泪规劝他说："你喝得太过度，不是养生之道，一定要戒掉它！"刘伶说："很对，但我不能控制住自己，只有祷告鬼神祈求帮助。你就给我准备些酒肉祭品吧。"夫人说："就听你的。"把酒肉供奉在神灵前，请刘伶告神发誓。刘伶跪下祷告说："天生刘伶，以酒为命，饮一斛酒，要用五斗酒来醒酒。妇人说的话，千万不要听信！"于是饮酒吃肉，醉倒如泥。

邻 有 美 妇

【原文】

阮公邻家妇，有美色，当垆酤酒。阮与王安丰常从妇饮酒。阮醉，便眠其妇侧。夫始殊疑之，伺察，终无他意。

【译文】

阮公邻居有个妇人，很有姿色，在酒肆卖酒。阮公与王安丰经常到她那儿喝酒，阮公醉了，就躺在妇人身旁睡觉。妇人的丈夫开始很怀疑阮公，经过细心观察，发现他始终没有别的意图。

老 姬 识 人

【原文】

刘道真少时，常渔草泽，善歌啸，闻者莫不留连。有一老姬识其非常人，甚乐其歌啸，乃杀豚进之。道真食豚尽，了不谢。姬见不饱，又进一豚，食半余半，乃还之。后为吏部郎，姬儿为小令史，道真超用之。不知所由，问母，母告之。于是赍牛酒诣道真。道真曰："去！去！无可复用相报！"

【译文】

　　刘道真少年时，经常在荒野水泽中捕鱼，他擅长啸咏，听到的人没有不驻足观赏的。有一个老妇人，看出他与众不同，又很喜欢他歌声和啸声，就杀了小猪让他吃。刘道真吃完了，一点也没有道谢。妇人见他没吃饱，又杀了一只小猪给他吃。刘吃一半剩一半，把剩下的还给了老妇人。后来，刘道真做了吏部郎，妇人的儿子做了小令史，刘道真破格任用他，他不知道是什么缘故，去问母亲，母亲就告诉了他，于是他又带了牛肉和酒去拜访刘道真。刘道真说："走吧，走吧！不用再报答我。"

一 见 如 故

【原文】

　　　　贺司空入洛赴命，为太孙舍人。经吴阊门，在船中弹琴。张季鹰本不相识，先在金阊亭，闻弦甚清，下船就贺，因共语。便大相知说。问贺："卿欲何之？"贺曰："入洛赴命，正尔进路。"张曰："吾亦有事北京，因路寄载。"便与贺同发。初不告家，家追问乃知。

【译文】

　　贺司空到洛阳去接受任命，做太子舍人，途经吴阊门，坐在船中弹琴。张季鹰本来不认识他，原先在金阊亭中，听到琴声十分清新，就下到船里拜访，两人一起谈话，立刻就互相赏识。张季鹰问贺司空："你要去哪里？"贺司空说："有命令召进洛阳，正走在路上。"张季鹰说："我也有事要去洛阳，就搭船同行吧。"于是他就和贺司空一起启程。一开始就没告诉家里，家人打听询问，才知道他到洛阳去了。

旁 若 无 人

【原文】

桓宣武少家贫，戏大输，债主敦求甚切，思自振之方，莫知所出。陈郡袁耽俊迈多能。宣武欲求救于耽，耽时居艰，恐致疑，试以告焉。应声便许，略无恡吝。遂变服，怀布帽，随温去与债主戏。耽素有艺名，债主就局，曰："汝故当不办作袁彦道邪？"遂共戏。十万一掷，直上百万数。投马绝叫，旁若无人，探布帽掷对人曰："汝竟识袁彦道不？"

【译文】

桓宣武年少时家境贫穷，赌博就输了好多钱，债主催债很急。他想来想去，怎么也想不出自救的办法。陈郡的袁耽俊才超人，多才多艺，桓宣武想向他求助。这时，袁耽正在居丧期间，桓宣武怕引起他的疑心，就试探着把事情告诉了他，谁知话音未落，袁耽就一口答应，没有半点疑惑怀疑。于是袁耽换下丧服，把丧帽藏在怀里，跟着桓温去与债主赌博。袁耽在赌场素有盛名，债主来到赌局前，说："你干嘛不扮作袁彦道呢？"于是开始赌博。十万钱一局，一直赢到了百万钱数，于是把筹码扔下不再叫价，旁若无人地掏出丧帽扔到债主面前，说："你究竟认识袁彦道不？"

恨 无 三 妹

【原文】

袁彦道有二妹，一适殷渊源，一适谢仁祖。语桓宣武曰："恨不更有一人配卿。"

【译文】

袁彦道有两个妹妹：一个嫁给殷渊源，一个嫁给谢仁祖。他对桓宣武说："真遗憾没能再有一个妹妹嫁给你！"

白 羊 肉 美

【原文】

罗友作荆州从事，桓宣武为王车骑集别。友进坐，良久辞出，宣武曰："卿向欲咨事，何以便去？"答曰："友闻白羊肉美，一生未曾得吃，故冒求前耳！无事可咨。今已饱，不复须驻。"了无惭色。

【译文】

罗友做荆州从事时，一次桓宣武为王车骑聚会饯别，罗友进来，坐了很长时间，告辞而出，桓宣武说："你刚才说有公事和我商量，为什么这就走了呢？"罗友答道："我听说白羊肉味美，这辈子还没吃过，所以冒昧求见罢了，没事可问。现在已饱了，不用再呆下去了。"他说这番话时，毫无惭愧之色。

兴 尽 而 返

【原文】

王子猷居山阴，夜大雪。眠觉，开室，命酌酒。四望皎然，因起彷徨，咏左思《招隐》诗。忽忆戴安道，时戴在剡，即便夜乘小船就之。经宿方至，造门不前而返。人问其故，王曰："吾本乘兴而行，兴尽而返，何必见戴？"

【译文】

王子猷住在山阴县。一天夜里忽降大雪，一觉醒来，打开房门，叫人斟酒。四处眺望，一片皎洁，于是起身徘徊，朗诵左思的《招隐》诗。忽然思念起戴安道，当时戴安道住在剡县，于是立即乘上小船连夜去找戴安道。船行了一夜才到，到了戴家门口却不进去，又乘船回到家中。别人问他什么原因，王子猷说：“我本是乘兴而行，兴致没有了就回来，何必一定要见到戴安道呢？”

何 谓 名 士

【原文】

王孝伯言：“名士不必须奇才，但使常得无事，痛饮酒，熟读《离骚》，便可称名士。”

【译文】

王孝伯说：“做名士不一定要有出奇的才华，只要能闲来无事，痛痛快快喝酒，熟读《离骚》，便可称之为名士。”

公 荣 无 酒

【原文】

王戎弱冠诣阮籍，时刘公荣在坐。阮谓王曰：“偶有二斗美酒，当与君共饮。彼公荣者，无预焉。”二人交觞酬酢，公荣遂不得一杯。而言语谈戏，三人无异。或有问之者，阮答曰：“胜公荣者，不得不与饮酒；不如公荣者，不可不与饮酒；唯公荣，可不与饮酒。”

【译文】

王戎年轻时去拜访阮籍，这时刘公荣也在座，阮籍对王戎说：“偶然得到两斗好酒，应当和你同喝，那个公荣不要参与。”两人你来我往，相互举杯敬酒，刘公荣始终得不到一杯；可是三个人言谈耍笑，并没有什么不妥的地方。有人问阮籍为什么这样做，阮籍回答说：“胜过公荣的人，我不得不和他喝酒；不如公荣的人，不可不同他喝酒；只有公荣这个人，可以不和他喝酒。”

嵇 康 锻 铁

【原文】

　　钟士季精有才理，先不识嵇康。钟要于时贤俊之士，俱往寻康。康方大树下锻，向子期为佐鼓排。康扬槌不辍，旁若无人，移时不交一言。钟起去，康曰："何所闻而来？何所见而去？"钟曰："闻所闻而来，见所见而去。"

【译文】

　　钟士季精有才思，起先不认识嵇康；他邀请当时一些才德出众的人士一起去拜访嵇康。碰上嵇康正在大树下打铁，向子期拉鼓风箱。嵇康继续挥动铁槌，敲打不停，旁若无人，过了好一会也不和钟士季说一句话。钟士季起身要走，嵇康才问他："听到了什么才来的？看到了什么要走的？"钟士季说："听到了所听到的才来，看到了所看到的要走了。"

上 树 捉 鹊

【原文】

　　王平子出为荆州，王太尉及时贤送者倾路。时庭中有大树，上有鹊巢。平子脱衣巾，径上树取鹊子。凉衣拘阂树枝，便复脱去。得鹊子还，下弄，神色自若，旁若无人。

【译文】

　　王平子出任荆州刺史，太尉王衍以及当世名流前来送行，路上络绎不绝。当时院子里有棵大树，树上有个喜鹊窝。王平子脱去上衣和头巾，径直爬上树去掏小喜鹊，这时，树枝挂住了贴身单衣，就又脱掉了。掏到了小鹊，又下树来继续玩弄，神态自若，旁若无人。

方 外 司 马

【原文】

桓宣武作徐州，时谢奕为晋陵。先粗经虚怀，而乃无异常。及桓迁荆州，将西之间，意气甚笃，奕弗之疑。唯谢虎子妇王悟其旨。每曰："桓荆州用意殊异，必与晋陵俱西矣！"俄而引奕为司马。奕既上，犹推布衣交。在温坐，岸帻啸咏，无异常日。宣武每曰："我方外司马。"遂饮酒，转无朝夕礼。桓舍入内，奕辄复随去。后至奕醉，温往主许避之。主曰："君无狂司马，我何由得相见？"

【译文】

桓温任徐州刺史，谢奕当时是晋陵太守，起初彼此之间不过随便谈谈，并无特殊关系。到桓温调任荆州刺史，将要西去赴任之际，桓温对谢奕的情意就特别深厚了，谢奕对此没产生疑问。只有谢虎子的妻子王氏领会了桓温的意图，常常说："桓荆州用意很特别，一定是想让晋陵一起到荆州去了。"不久就任用谢奕做司马。谢奕到荆州以后，还很看重和桓温的老交情，到桓温那里做客，头巾戴得很随便，长啸吟唱，和过去没有什么不同。桓温常说："是我的世外司马。"谢奕终因贪酒而发展到不顾常礼。桓温如果丢下他走进内室，谢奕总是又跟进去。后来一到谢奕喝醉时，桓温就到公主那里去躲开他。公主说："您要是没有放荡的司马，我又怎么能见到您呢？"

谢 万 碰 壁

【原文】

谢公尝与谢万共出西，过吴郡。阿万欲相与共萃王恬许，太傅云："恐伊不必酬汝，意不足尔！"万犹苦要，太傅坚不回，万乃独往。坐少时，王便入门内，谢殊有欣色，以为厚待己。良久，乃沐头散发而出，亦不坐，

仍据胡床，在中庭晒头，神气傲迈，了无相酬对意。谢于是乃还。未至船，逆呼太傅，安曰："阿螭不作尔！"

【译文】

谢安曾经和谢万一起坐船到京都建康去，经过吴郡时，谢万想一起到王恬那里聚一聚，太傅谢安说："恐怕他不一定理睬你，我看不值得去拜访他。"谢万还是极力邀他一起去，谢安坚决不同意，谢万只好独自拜访了。坐了不久，王恬就进里面去了，谢万显得非常高兴，以为王恬对要热情地款待自己。过了很久，王恬竟洗完头披着头发出来，也不陪客人坐，就坐在院子里的交椅上晒太阳，神气傲慢凌人，一点也没有应酬他的意思。谢万于是只好回去，还没有回到船上，就先大声喊他太傅。谢安说："阿螭不会做作啊。"

谢 安 深 算

【原文】

谢万北征，常以啸咏自高，未尝抚慰众士。谢公甚器爱万，而审其必败，乃俱行。从容谓万曰："汝为元帅，宜数唤诸将宴会，以说众心。"万从之。因召集诸将，都无所说，直以如意指四坐云："诸君皆是劲卒。"诸将甚忿恨之。谢公欲深著恩信，自队主将帅以下，无不身造，厚相逊谢。及万事败，军中因欲除之。复云："当为隐士。"故幸而得免。

【译文】

谢万率兵北伐时，常常以啸咏显示自己尊贵，从来不曾体恤慰问过将士。谢安非常看重谢万，但预料他这次必然失败，就和他一同出征。乘方便的时候对他说："你身为主帅，应该常常宴请各将领，让大家心里高兴。"谢万答应了。于是就召集众将领来，什么话都没有说，只是用如意指着四座说："诸位都是精锐的将士。"全体将领听了更加怨恨

他。谢安对众将领想多加恩惠，从部队主帅以下的大小将领，无不亲自登门拜访，非常谦虚，诚恳谢罪。到谢万北伐失败后，军队内部乘机想除掉谢万；后来又说："应该为隐士着想。"所以谢万能侥幸地免于一死。

小儿善谈

【原文】

诸葛瑾为豫州，遣别驾到台，语云："小儿知谈，卿可与语。"连往诣恪，恪不与相见。后于张辅吴坐中相遇，别驾唤恪"咄咄朗君。"恪因嘲之曰："豫州乱矣，何咄咄之有？"答曰："君明臣贤，未闻其乱。"恪曰："昔唐尧在上，四凶在下。"答曰："非唯四凶，亦有丹朱。"于是一坐大笑。

【译文】

诸葛瑾任豫州牧的时候，派遣别驾入朝，并对他说："小儿颇能善谈，你可以和他聊聊。"别驾接连去拜访诸葛恪，诸葛恪都不和他见面。后来在张辅吴昭家中相遇，别驾招呼诸葛恪："哎呀呀，公子！"诸葛恪于是嘲笑他说："豫州出乱子了，有什么哎呀哎呀的？"别驾回答说："君明臣贤，没有听说哪里出了乱子。"诸葛恪说："古时上面虽有唐尧，下面仍有四凶。"别驾回答说："不仅有四凶，还有个不孝的丹朱。"于是满座的人无不大笑起来。

竹林酣饮

【原文】

嵇、阮、山、刘在竹林酣饮，王戎后往。步兵曰："俗物已复来败人意！"王笑曰："卿辈意亦复可败邪？"

嵇康、阮籍、山涛、刘伶在竹林中畅饮，王戎后到，步兵阮籍说："俗物竟然来败坏人的兴致！"王戎笑着说："你们这样的人兴致也能败坏吗？"

夫 妇 笑 谈

【原文】

王浑与妇钟氏共坐，见武子从庭过，浑欣然谓妇曰："生儿如此，足慰人意。"妇笑曰："若使新妇得配参军，生儿故可不啻如此。"

【译文】

王浑和妻子钟氏在一起坐着，看见他们的儿子武子从庭前走过，王浑高兴地对妻子说："生个这样的儿子，足以安慰人心了。"他的妻子笑着说："如果我能婚配参军，生的儿子本来可以不止是如此的。"

答 非 所 问

【原文】

王公与朝士共饮酒，举琉璃碗谓伯仁曰："此碗腹殊空，谓之宝器，何邪？"答曰："此碗英英，诚为清彻，所以为宝耳！"

【译文】

王导和朝中官吏一道喝酒，他举起琉璃碗对周伯仁说："这个碗腹内空空，却说它是宝器，为什么呢？"周伯仁回答说："这个碗亮晶晶的，清澈到底，所以就是个宝贝啊。"

出 门 更 衣

【原文】

　　许文思往顾和许，顾先在帐中眠。许至，便径就床角枕共语。既而唤顾共行，顾乃命左右取枕上新衣，易己体上所著。许笑曰："卿乃复有行来衣乎？"

【译文】

　　许文思到顾和那里去，顾和原先在帐中睡觉，许文思到了，就径直凑到床角和顾和交谈。之后，又叫顾和一起去散步，顾和就叫手下人取来衣架上的新衣服，换下自己身上穿的这套。许文思笑着说："你居然还有出门专用的衣服啊？"

齐 庄 神 意

【原文】

　　庾园客诣孙监，值行，见齐庄在外，尚幼，而有神意。庾试之曰："孙安国何在？"即答曰："庾稚恭家。"庾大笑曰："诸孙大盛，有儿如此！"又答曰："未若诸庾之翼翼。"还，语人曰："我故胜，得重唤奴父名。"

【译文】

　　庾园客去拜访孙监（孙盛，字安国，官中书监），正巧孙监出门不在家。他看见孙监的儿子孙齐庄在门外玩耍，虽然年纪还小，但从神情看去就知不凡。庾园客就逗他说："孙安国去哪儿了？"孙齐庄立即答道："在庾稚家。"庾园客大笑着说："孙家很盛旺，有这样的儿子。"孙齐庄又回答说："比不上你们庾家繁盛。"孙齐庄回家对别人说："还是我胜了，得以叫他父亲的名讳两次。"

世说新语

以 子 戏 父

　　张苍梧是张凭之祖，尝语凭父曰：
"我不如汝。"凭父未解所以。苍梧曰："汝
有佳儿。"凭时年数岁，敛手曰："阿翁，讵
宜以子戏父？"

　　张苍梧是张凭的祖父，曾对张凭的父亲说：
"我不如你。"张凭的父亲当时不理解父亲为何这
样说，张苍梧又说："你有个好儿子。"张凭当时
只有几岁，拱着手说："爷爷！您怎么能拿儿子来戏
弄父亲？"

豹 奴 似 舅

　　桓豹奴是王丹阳外生，形似其舅，桓甚讳之。宣武
云："不恒相似，时似耳。恒似是形，时似是神。"桓逾
不悦。

　　桓豹奴（桓嗣）是王丹阳的外甥，长得很像他舅舅，桓豹奴很忌讳这件事。
桓宣武说："不是一直都像，只是有时相像而已。常常相像是外形相似；偶然
相像，是神态相似。"桓豹奴听了，越发不高兴。

世 说 新 语

一一五

荣 期 受 讽

【原文】

范荣期见郗超俗情不淡，戏之曰："夷、齐、巢、许，一诣垂名。何必劳神苦形，支策据梧邪？"郗未答。韩康伯曰："何不使游刃皆虚？"

【译文】

范荣期见郗超对世俗之情未能减退，就调笑他说："伯夷、叔齐、巢父、许由一下就名垂千古，何必一定要如此费尽心志劳苦身体，疲惫不堪却倚着杖靠在梧桐树上呢？"郗超没回答，韩康伯说："为什么不使其经营起来游刃有余呢？"

咄 咄 逼 人

【原文】

桓南郡与殷荆州语次，因共作了语。顾恺之曰："火烧平原无遗燎。"桓曰："白布缠棺竖旒旐。"殷曰："投鱼深渊放飞鸟。"次复作危语。桓曰："矛头淅米剑头炊。"殷曰："百岁老翁攀枯枝。"顾曰："井上辘轳卧婴儿。"殷有一参军在坐，云："盲人骑瞎马，夜半临深池。"殷曰："咄咄逼人。"仲堪眇目故也。

【译文】

桓玄与殷仲堪在谈话时，一起商量试作"了语"。顾恺之说："火烧平原，灰飞烟灭。"桓玄说："白布缠棺，殡旗飘扬。"殷仲堪说："投鱼深渊，释放飞鸟。"后来又用危语作题目。桓玄说："矛头上洗米，剑尖上做饭。"殷仲堪说："百岁老人，攀挂枯枝。"顾恺之说："井上辘轳，横卧婴儿。"殷仲堪手下一名参军在座，说："盲人骑瞎马，半夜走近深潭。"殷仲堪说："咄咄逼人！"这是因殷仲堪瞎了一只眼的缘故。

比 拟 不 类

　　桓玄出射，有一刘参军与周参军朋赌，垂成，唯少一破。刘谓周曰："卿此起不破，我当挞卿。"周曰："何至受卿挞？"刘曰："伯禽之贵，尚不免挞，而况于卿？"周殊无忤色。桓语庾伯鸾曰："刘参军宜停读书，周参军且勤学问。"

　　桓玄外出射猎，遇见刘参军与周参军为一组赌射，只差一箭就可获胜。刘参军对周参军说："你这次如射不中，我就要揍你。"周参军说："我不至于受你揍打。"刘参军说："伯禽那么高贵，还不免挨父亲打，更何况你？"周参军听了，脸上没有一点儿怒容。桓玄对庾伯鸾说："刘参军应该停止读书，周参军应该努力学习。"

终 日 妄 语

　　王太尉问眉子："汝叔名士，何以不相推重？"眉子曰："何有名士终日妄语？"

　　王太尉问他的儿子眉子："你叔叔是一位名士，为什么你不尊重他呢？"眉子说："哪里有名士整天胡言乱语的？"

太 傅 初 渡

【原文】

褚太傅初渡江，尝入东，至金昌亭。吴中豪右燕集亭中。褚公虽素有重名，于时造次不相识别。敕左右多与茗汁，少著粽，汁尽辄益，使终不得食。褚公饮讫，徐举手共语曰："褚季野！"于是四座惊散，无不狼狈。

【译文】

褚太傅刚过长江时，曾东至吴郡，来到了金昌亭，当时吴县的豪强大族正在金昌亭中宴饮。褚公在当时虽然名气很大，但当时匆忙之中竟没有人认出他来，那些豪绅就特别命手下人多给他茶水，少放蜜渍瓜果，水干就立即添上，让他始终什么也吃不上。褚公喝完茶，慢慢举着手对在座的人说："我是褚季野。"于是四座惊散，无不显出一副狼狈样。

标 同 伐 异

【原文】

谢镇西书与殷扬州，为真长求会稽。殷答曰："真长标同伐异，侠之大者。常谓使君降阶为甚，乃复为之驱驰邪？"

【译文】

谢镇西（谢尚）给殷扬州去信，替刘真长谋求会稽太守的职务。殷扬州回信说："真长标榜志同道合的人，攻击异己，是狭隘表现最为突出的人。常对你说，与他交往会很降低你的身份，难道你还要替他奔波效力吗？"

真 猪 假 猪

【原文】

孙绰作《列仙·商丘子赞》曰："所牧何物？ 殆非真猪。倘遇风云，为我龙摅。"时人多以为能。王蓝田语人云："近见孙家儿作文，道'何物'，'真猪'也。"

【译文】

孙绰作《列仙·商丘子赞》说："他放牧的是什么？ 大概并非是猪。倘若风涌云起，会有蛟龙腾飞而去。"当时人大多认为他很有才能。王蓝田却对人说："近来看见孙家小子作的文章说什么'何物真猪'。"

谢 安 色 愧

【原文】

孙长乐兄弟就谢公宿，言至款杂。刘夫人在壁后听之，具闻其语。谢公明日还，问："昨客何似？"刘对曰："亡兄门未有如此宾客。"谢深有愧色。

【译文】

孙长乐兄弟到谢公家投宿，谈话内容空洞杂乱。刘夫人在壁后听见了他们的谈话。谢公第二天回到内室，问她觉得昨晚的客人怎么样，刘夫人回答说："我去世的哥哥门庭之中从没有过这样的客人。"谢公听后，深感惭愧。

才 士 不 逊

【原文】

　　孙长乐作《王长史诔》云："余
与夫子，交非势利，心犹澄水，同此玄
味！"王孝伯见曰："才士不逊，亡祖
何至与此人周旋！"

【译文】

　　孙长乐为王长史作诔文说："我与你的交情，不是
因势利而相交的。我们心如澄净的水，常常共同感味玄
妙的旨趣。"王孝伯见了这篇诔文说："才士太不谦
逊了，我那过世的祖父怎么会和这种人交往！"

衿 抱 未 虚

【原文】

　　谢太傅谓子侄曰："中郎始是独有千载！"车骑曰：
"中郎衿抱未虚，复那得独有？"

【译文】

　　太傅谢安对子侄们说："中郎才是千百年来独一无二的人。"车骑将军谢玄
说："中郎胸怀中犹有物累，又哪能算是独一无二呢？"

无 异 常 人

【原文】

　　苻宏叛来归国。谢太傅每加接引，宏自以有才，多
好上人，坐上无折之者。适王子猷来，太傅使共语。子

献直熟视良久，回语太傅云："亦复竟不异人。"宏大惭
而退。

【译文】

　　符宏叛逃归降晋国，谢太傅常常接待他。符宏自认为有才华，总喜欢超出别人之上，而座上客中也没有驳斥他的。正巧王子猷来了，谢太傅让他俩交谈。王子猷面对他看了又看，回头对谢太傅说："没有发现比别人特殊的地方。"符宏十分惭愧地退了出去。

望 梅 止 渴

【原文】

　　魏武行役，失汲道，军皆渴，乃令曰："前有大梅林，饶子，甘酸，可以解渴。"士卒闻之，口皆出水，乘此得及前源。

【译文】

　　魏武帝曹操行军途中，找不到水源，战士都很口渴，于是曹操就传令说："前面有一片大梅林，有很多梅子，又甜又酸，可以解渴。"士兵们听了，口中都流出了酸水。趁此机会，军队得以赶在前面一个有水源的地方。

羲 之 装 睡

【原文】

　　王右军年减十岁时，大将军甚爱之，恒置帐中眠。大将军尝先出，右军犹未起。须臾，钱凤入，屏人论事，都忘右军在帐中，便言逆节之谋。右军觉，既闻所论，知无活理，乃剔吐污头面被褥，诈熟眠。敦论事造半，方意右军未起，相与大惊曰："不得不除之！"及开帐，乃见吐唾纵横，信其实熟眠，于是得全。于时称其有智。

王羲之不到十岁时，大将军十分喜爱他，总是把他留在帐中一起睡觉。大将军一次先起帐出去，王羲之还没起来，一会儿，钱凤进来，遣开其他随从，两人密商大事，都忘了王羲之还在帐中，就说起谋逆之事。王羲之醒了，听到他们谈的事后，知道如果被他们发现自己就活不成了，就装着熟睡的样子，佯装呕吐把鼻涕唾液涂在脸上。王敦事情谈到一半，才想起王右军还在帐中未起，大吃一惊说："不能不杀掉他。"等掀开帐子，看见他鼻涕满脸呕吐纵横的样子，才相信他确实在熟睡，王羲之这才保全了性命。当时人都称赞他的机智。

庾 公 请 罪

【原文】

　　陶公自上流来赴苏峻之难，令诛庾公。谓必戮庾，可以谢峻。庾欲奔窜，则不可；欲会，恐见执，进退无计。温公劝庾诣陶，曰："卿但遥拜，必无它。我为卿保之。"庾从温言诣陶。至，便拜。陶自起止之，曰："庾元规何缘拜陶士衡？"毕，又降就下坐。陶又自要起同坐。坐定，庾乃引咎责躬，深相逊谢。陶不觉释然。

【译文】

苏峻叛乱造成朝廷危难，陶侃从上游来解除苏峻的叛乱，命令杀掉庾亮，说只有杀了庾公，才可以平定苏峻叛乱。庾公想要逃跑又不行，想会见陶公，又怕被捕，进退两难。温公劝庾公去拜访陶公，说："你只须向他遥拜，一定无事，我替你担保。"庾公听从了温公的话，去拜见陶公，一见面就下拜，陶公起身阻拦他，说："庾元规为什么要拜陶士衡呢？"行过礼，庾公又屈身降坐在下座，陶公再次起身邀请他与己同坐。坐定后，庾公就引咎自责，诚恳而谦恭的谢罪，陶公听着不知不觉间感到心境宽舒，也就消除对庾亮的怨气。

温峤续娶

【原文】

　　温公丧妇，从姑刘氏家值乱离散，唯有一女，甚有姿慧，姑以属公觅婚。公密有自婚意，答云："佳婿难得，但如峤比云何？"姑云："丧败之余，乞粗存活，便足慰吾余年，何敢希汝比！"却后少日，公报姑云："已觅得婚处，门地粗可，婿身名宦，尽不减峤。"因下玉镜台一枚。姑大喜。既婚，交礼，女以手披纱扇，抚掌大笑曰："我固疑是老奴，果如所卜！"玉镜台，是公为刘越石长史北征刘聪所得。

【译文】

　　温公的夫人死了。他的堂姑刘家遭受战乱使得家离破散，只有一个女儿，很是聪明、美丽。刘氏托温公给她找婆家，温公私下有自已娶她的意思，答道："好女婿很难得，像我这样的，怎么样？"姑姑说："我们这种破败之家，只求能活下来，就令我这辈子心满意足了，哪敢希求像你这样的人呢。"过后几天，温公告诉姑姑说："已找到了婚配人家，门第大体还可以，女婿的名气官位不比我温峤差。"于是送了一枚玉镜台作聘礼。姑姑十分高兴。行过交拜礼后，刘氏女用手撤去挡脸的纱扇，拍手大笑说："我本来就怀疑是你这老家伙，果然与我所料想的一样！"玉镜台是温公作刘越石的长史时，北征刘聪时得来的战利品。

柔肠寸断

【原文】

　　桓公入蜀，至三峡中，部伍中有得猿子者。其母缘岸哀号，行百余里不去，遂跳上船，至便即绝。破视其腹中，肠皆寸寸断。公闻之怒，命黜其人。

【译文】

　　桓温率领大军入巴蜀，到达三峡时，部队里有个人捕到一只小猿，母猿沿着江岸悲哀地号叫，一直跟着船走了百多里也不肯离开，最后跳到船上来，一上来就立刻死了。剖开母猿的肚子看，肠子都一寸一寸地断裂了。桓温听说这事大怒，下令革除了那个人。

咄 咄 怪 事

【原文】

　　殷中军被废，在信安，终日恒书空作字。扬州吏民寻义逐之，窃视，唯作"咄咄怪事"四字而已。

【译文】

　　中军将军殷浩被免官废为庶人，住在信安县，每天常常空中虚写文字。扬州的官吏和百姓都不知他写些什么，追随他暗中察看，原来只是写"咄咄怪事"四个字而已。

为 何 更 瘦

【原文】

　　邓竟陵免官后赴山陵，过见大司马桓公。公问之曰："卿何以更瘦？"邓曰："有愧于叔达，不能不恨于破甑！"

【译文】

　　竟陵太守邓遐罢官后去参加简文帝的葬礼时，拜见了大司马桓温，桓温问道："你为什么更加消瘦了？"邓遐说："和孟叔达相比深感惭愧，心里不能不抱怨打破了甑。"

桓 温 上 表

【原文】

　　桓宣武既废太宰父子，仍上表曰："应割近情，以存远计。若除太宰父子，可无后忧。"简文手答表曰："所不忍言，况过于言？"宣武又重表，辞转苦切。简文更答云："若晋室灵长，明公便宜奉行此诏。如大运去矣，请避贤路！"桓公读诏，手战流汗，于此乃止。太宰父子，远徙新安。

【译文】

　　桓温罢免了太宰司马晞父子后，仍然上奏说："应该割断近亲的情谊，以确保长远大计。如果清除太宰父子，可以免除后患。"简文帝亲手批示说："我可不忍心这样说，何况所做的要超过所说的。"桓温又重新上奏章，言辞更加激烈急迫。简文帝再批示说："如果晋王室的祖宗有灵，明公就应该奉行这个诏令；如果晋王室国运已去，请让我让路给贤者。"桓温读着诏书，害怕得手打战、直流汗，至此才肯罢休。太宰父子被流放到遥远的新安郡。

世 说 新 语

一二五

啖 李 伐 树

【原文】

　　和峤性至俭。家有好李，王武子求之，与不过数十。王武子因其上直，率将少年能食之者，持斧诣园，饱共啖毕，伐之，送一车枝与和公。问曰："何如君李？"和既得，唯笑而已。

【译文】

　　和峤本性极为吝啬，家中有上好的李子树，王武子求他给些李子，给他的不过几十个。王武子趁他上朝去值班的时候，带着一班喜欢吃李子的小伙子，拿着斧子到果园里去，一起尽情地吃饱以后，把李树砍掉了，给和峤送去一车树枝。并且问道："与你家的李树相比怎样？"和峤收下了树枝，唯有苦笑而已。

陶 公 大 叹

【原文】

　　苏峻之乱，庾太尉南奔见陶公。陶公雅相赏重。陶性俭吝，及食，啖薤，庾因留白。陶问："用此何为？"庾云："故可种。"于是大叹庾非唯风流，兼有治实。

【译文】

　　苏峻叛乱时，太尉庾亮南逃去见陶侃，陶侃极为赏识并器重他。陶侃平生节俭吝啬，到吃饭的时候，给他吃薤头，庾亮顺手留下薤白。陶侃问他："要这东西做什么？"庾亮说："仍旧可以种。"于是陶侃极力赞叹庾亮不仅风韵极佳，而且还有务实的优秀品格。

石 崇 宴 客

【原文】

　　石崇每要客燕集，常令美人行酒。客饮酒不尽者，使黄门交斩美人。王丞相与大将军尝共诣崇。丞相素不能饮，辄自勉强，至于沉醉。每至大将军，固不饮以观其变。已斩三人，颜色如故，尚不肯饮。丞相让之，大将军曰："自杀伊家人，何预卿事！"

【译文】

　　石崇每次请客宴饮聚会，常常让美人劝酒；如果哪位客人喝酒不尽量的，就叫内侍轮流杀掉劝酒的美人。丞相王导和大将军王敦曾经一同到石崇家赴宴，王导向来不善饮酒，这天只能勉强自己喝，直到大醉。每当轮到王敦，他故意不喝，借此来观察情况的变化。结果石崇接连杀了三个美人，王敦神色不变，仍然不肯喝酒。王导责备他，王敦说："他杀他家里的人，与你有什么相干！"

君 夫 赌 牛

【原文】

　　王恺有牛，名"八百里驳"，常莹其蹄角。王武子语君夫："我射不如卿，今指赌卿牛，以千万对之。"君夫既恃手快，且谓骏物无有杀理，便相然可。令武子先射，武子一起便破的，却据胡床，叱左右："速探牛心来！"须臾，炙至，一脔便去。

　　王恺有一头牛，名叫"八百里驳"，常常用莹石装饰蹄角。有一次，王武子对王君夫说："我射箭的技术赶不上你，今天想拿你的牛做赌注，我出钱一千万如何？"王恺既仗着自己射箭技术好，又认为千里牛没有可能杀掉，就答应了他，并且让王武子先射。王武子一箭就射中了箭靶，退下来坐在胡床上，吆喝随从赶快把牛心取来。一会儿，烤好的牛心送来了，王武子吃了一块就走了。

竞 比 珊 瑚

【原文】

　　石崇与王恺争豪，并穷绮丽以饰舆服。武帝，恺之甥也，每助恺。尝以一珊瑚树高二尺许赐恺。枝柯扶疏，世罕其比。恺以示崇。崇视讫，以铁如意击之，应手而碎。恺既惋惜，又以为疾己之宝，声色甚厉。崇曰："不足恨，今还卿。"乃命左右悉取珊瑚树，有三尺四尺，条干绝世，光彩溢目者六七枚，如恺许比甚众。恺惘然自失。

【译文】

　　石崇和王恺争相比阔，两人都用尽最鲜艳华丽的东西来装饰车马、服装。晋武帝是王恺的外甥，常常资助王恺。他曾经把一棵二尺来高的珊瑚树送给王恺，这棵珊瑚树枝条繁茂，世间少有匹敌。王恺拿来给石崇看，石崇看后，拿起铁如意砸了过去，随手就打碎了。王恺既惋惜，又认为石崇是妒忌自己的宝物，因此声色俱厉地加以指责。石崇说："不值得遗憾，现在就赔给你。"于是就叫手下的人把家里的珊瑚树全都拿出来，有三、四尺高的，树干、枝条无与伦比，而且光彩夺目的有六七棵，像王恺家那样的珊瑚树就更多了。王恺看了，惘然若失。

骄 横 遭 杀

【原文】

　　魏武有一妓，声最清高，而情性酷恶。欲杀，则爱才，欲置，则不堪。于是选百人，一时俱教。少时，果有一人声及之，便杀恶性者。

【译文】

　　魏武帝曹操有一名歌妓，声音最为清悠高亢，可是性情极其恶劣。曹操想杀了她，却又爱惜她的才华；想留下她，却又难以忍受她的脾气。于是就挑选了一百名歌女同时训练。不久，果有一名歌女的歌喉赶上了她，曹操便把那个性情恶劣的歌女杀了。

蓝 田 性 急

【原文】

　　王蓝田性急。尝食鸡子，以箸刺之，不得，便大怒，举以掷地。鸡子于地圆转未止，仍下地以屐齿蹍之，又不得，瞋甚，复于地取内口中，啮破即吐之。王右军闻而大笑曰："使安期有此性，犹当无一豪可论，况蓝田邪？"

【译文】

　　王蓝田性子暴躁，一次吃鸡蛋，用筷子去挟，没有挟到，立刻大发脾气，拿起鸡蛋扔到地上。鸡蛋在地上还是滚个不停，又下地用木屐齿去踩，又没踩到。气得要命，又从地上抓起鸡蛋放到口中，嚼碎了就吐出来。王羲之听说此事后大笑说："假使王安期有这样的急性子，还不值得一提，更何况是王蓝田呢？"

袁 悦 见 诛

【原文】

袁悦有口才，能短长说，亦有精理。始作谢玄参军，颇被礼遇。后丁艰，服除还都，唯赍《战国策》而已。语人曰："少年时读《论语》、《老子》，又看《庄》、《易》，此皆是病痛事，当何所益邪？天下要物，正有《战国策》。"既下，说司马孝文王，大见亲待，几乱机轴。俄而见诛。

【译文】

袁悦很有口才，擅长纵横捭阖之说，而且也有深刻的思想理论，原先为谢玄的参军，受到礼遇。后来为父母服丧，服丧期满回到建康，身边只带一本《战国策》。他对别人说："少年时读过《论语》《老子》，又看《庄子》《易经》，这些都是写一些病痛的书，没有什么益处。天下最重要的书，就是《战国策》。"于是沿江而下，游说司马孝文王（司马道子），大受款待，几乎乱了朝政，不久便被诛杀了。

兄 弟 相 残

【原文】

魏文帝忌弟任城王骁壮。因在卞太后阁共围棋，并啖枣，文帝以毒置诸枣蒂中，自选可食者而进。王弗悟，遂杂进之。既中毒，太后索水救之。帝预敕左右毁瓶罐，太后徒跣趋井，无以汲。须臾，遂卒。复欲害东阿，太后曰："汝已杀我任城，不得复杀我东阿！"

【译文】

魏文帝曹丕忌恨弟弟任城王曹彰身强体壮而且骁勇，趁着在卞太后阁中下围棋，一起吃枣的机会，把毒药下在枣蒂中，自己挑选无毒的吃。任城王不知道，就好坏一起吃。中毒后，卞太后急忙找水救人，魏文帝预先命人把瓶罐都毁掉，太后光着脚跑到井边，却没有东西装水，一会儿，任城王就死了。后来，魏文帝又想害东阿王，卞太后说："你已经杀了我儿任城王，不能再杀我儿东阿王了！"

王 浑 后 妻

【原文】

王浑后妻，琅琊颜氏女。王时为徐州刺史，交礼拜讫，王将答拜，观者咸曰："王侯州将，新妇州民，恐无由答拜。"王乃止。武子以其父不答拜，不成礼，恐非夫妇；不为之拜，谓为"颜妾"。颜氏耻之。以其门贵，终不敢离。

【译文】

王浑的继室是琅琊颜氏的女儿。王浑当时为徐州刺史，新婚之夜，颜女行完交拜礼，王浑正要回拜，旁观的人都说："你是一州之长，而新妇却是府君治下州民，恐怕没有回拜的道理。"王浑就没回拜。王武子因为他父亲不回拜，就相当于没有完成行礼，不是正式夫妇，所以也不拜颜氏，不称继母而称她为"颜妾"，颜氏深以为耻。但因王家门第显贵，最终也不敢离异。

平 原 遇 害

陆平原河桥败，为卢志所谗，被诛。临刑叹曰："欲闻华亭鹤唳，可复得乎？"

【译文】

平原内史陆机在河桥战败后，遭卢志向诌害，被杀。临刑前叹息道："想听华亭的鹤鸣，不知还能听到否？"

温 峤 绝 裾

【原文】

温公初受刘司空使劝进，母崔氏固驻之，峤绝裾而去。迄于崇贵，乡品犹不过也。每爵皆发诏。

【译文】

温公起初受刘琨的命令渡江劝晋元帝即位。出发之前温母崔氏坚决阻止他，温峤却割断衣裾义无返顾地走了。后来虽然不断地升官，乡里父老对他的评价还是很低。每次封爵，都要元帝亲自发诏。

王 敦 出 丑

【原文】

王敦初尚主，如厕，见漆箱盛干枣，本以塞鼻，王谓厕上亦下果，食遂至尽。既还，婢擎金澡盘盛水，琉

璃碗盛澡豆，因倒着水中而饮之，谓是干饭。群婢莫不掩口而笑之。

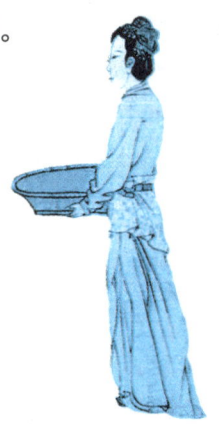

【译文】

　　王敦起初做驸马时，去厕所时见到漆盒中盛着干枣，这干枣本来是用来塞鼻子的，王敦以为厕所中也准备果品，就全吃了。回来后，婢女用手举着盛水的金澡盘，用琉璃碗盛着澡豆，他就把澡豆倒到水中吃起来，认为是干饭。众婢女无不掩口而笑。

误 食 彭 蜞

【原文】

　　蔡司徒渡江，见彭蜞，大喜曰："蟹有八足，加以二螯。"令烹之。既食，吐下委顿，方知非蟹。后向谢仁祖说此事，谢曰："卿读《尔雅》不熟，几为《劝学》死。"

【译文】

　　蔡司徒（蔡谟）过江时见到彭蜞，以为是螃蟹，非常高兴地说："蟹有八只脚，再加上二个螯子。"令下人煮了它。吃后，上吐下泻，精疲力尽，才知道不是螃蟹。后来他向谢仁祖说起此事，谢仁祖说："你的《尔雅》读得不熟，险些被《劝学》害死！"

曹 公 屠 邺

【原文】

　　魏甄后惠而有色，先为袁熙妻，甚获宠。曹公之屠邺也，令疾召甄，左右白："五官中郎已将去。"公曰："今年破贼，正为奴。"

魏甄后聪惠而有美色，她先是袁熙的妻子，很得宠爱。曹公（曹操）曾经攻破邺郡的时候，命令急速召甄氏进见，手下人说："五官中郎已经把她带走了。"曹公说："这次打败敌人，正是为了她。"

奉倩殉色

【原文】

荀奉倩与妇至笃，冬月妇病热，乃出中庭自取冷，还以身熨之。妇亡，奉倩后少时亦卒。以是获讥于世。奉倩曰："妇人德不足称，当以色为主。"裴令闻之曰："此乃是兴到之事，非盛德言，冀后人未昧此语。"

【译文】

荀奉倩（荀粲）与夫人感情极为深厚，冬天，夫人生病发烧，他就到庭院中把自己冻冷，用冻冷的身体给夫人退烧。夫人死后不久，荀奉倩也死了，因此受到世人的讥讽。荀奉倩曾说："女人的品德是不值得称赞的，而应当以美色为主"。裴令听到这话，说："这是他一时兴致高涨所说的话，不是盛德之言，希望后人不要为此语所惑。"

羲之之死

【原文】

王右军素轻蓝田，蓝田晚节论誉转重，右军尤不平。蓝田于会稽丁艰，停山阴治丧。右军代为郡，屡言出吊，连日不果。后诣门自通，主人既哭，不前而去，以陵辱之。于是彼此嫌隙大构。后蓝田临扬州，右军尚在郡。初得消息，遣一参军诣朝廷，求分会稽为越州，使人受意失旨，大为时贤所笑。蓝田密令从事数其郡诸不法，以先有隙，令自为其宜。右军遂称疾去郡，以愤慨致终。

【译文】

王羲之一向看不起王蓝田，但王蓝田在晚年时在社会上的声誉开始越来越高，羲之对此尤为愤恨不平。王蓝田在会稽时居丧，停在山阴料理丧事。王羲之代为郡令，多次说要去吊丧，却一直拖着不去。后登门自报，主人正在哀哭，他却不进去，反而走了，以此来凌辱主人，于是彼此嫌隙越来越大。后来王蓝田出任扬州刺史，王羲之仍在会稽郡，起初得到这个消息时，就派一名参军前往朝廷，请求把会稽划归越州，结果派去的人领会错了他的意图，却很是为当时人笑话。王蓝田秘密派手下的从事向朝廷汇报会稽郡的种种不法之事，因为二人原本有仇，朝廷就令他们采取相宜的处置方法自行调解。王羲之于是称病辞职，最终愤恨而死。

王羲之